afgeschreven

Erna Sassen

Kom niet dichterbij

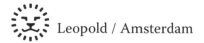 Leopold / Amsterdam

Eerste druk 2014
Copyright © Erna Sassen 2014
Omslagontwerp: Studio Ron van Roon
Uitgeverij Leopold, Amsterdam / www.leopold.nl
ISBN 978 90 258 6512 2 / NUR 300/285

In deze roman is op blz. 12 de eerste strofe van *La chanson des vieux amants* van Jacques Brel opgenomen en op blz. 13 worden de eerste drie strofen van het gedicht *Later* van Simon Garmiggelt geciteerd.

De auteur ontving voor het schrijven van dit boek een werkbeurs van het Nederlands Letterenfonds.

MIX
Papier van
verantwoorde herkomst
FSC
www.fsc.org   FSC® C019440

Uitgeverij Leopold drukt haar boeken op papier met het FSC®-keurmerk. Zo helpen we waardevolle oerbossen te behouden.

1.

'Ik moet een kunstgebit!'

'Reef, het is midden in de nacht...'

'Dat weet ik want ik lig al uren wakker. IK HEB NOG NIET EENS EEN RIJBEWIJS EN IK MOET AL EEN KUNSTGEBIT!'

'Kronen, dacht ik.'

'Dat is precies hetzelfde!'

'Maar dat wist je toch al lang? Waarom ben je nu opeens zo over de zeik?'

Twee weken geleden was er een documentaire op de televisie over jonge theatermakers, waarin mijn zus werd geïnterviewd. Ze zag er heel raar uit. Alsof ze helemaal geen boventanden had. Zelfs haar 92-jarige buurvrouw was het opgevallen, '... en die is bijna blind!'

Volgens de tandarts, bij wie ze de ochtend na de uitzending in een slaapzak voor de deur lag, heeft Reva haar tanden 'opgeknarst': door tandenknarsen in haar slaap zijn haar tanden en kiezen voor een groot deel afgesleten. De overgebleven rand van haar voortanden is daardoor zo dun geworden dat fel theater- of studiolicht erdoorheen schijnt.

De enige manier om dit euvel te verhelpen, is volgens hem: *alle elementen omslijpen en kronen.*

'Ik ben veel te jong voor een kunstgebit!'

Daar ben ik het wel mee eens, maar het heeft geen enkele zin om het te bevestigen, want dan zitten we morgenochtend nog samen te jammeren aan de telefoon.

'Je had ook een van de slachtoffers kunnen zijn van die brand in dat Volendamse café,' zeg ik. Niet briljant, maar het is het eerste wat er in me opkomt.

Ze moet even nadenken. 'Nee, dat had niet gekund, want daar ben ik te jong voor. En ik ga nooit naar een café.'

'Maar je weet wat ik bedoel.'

'Dat het altijd erger kan.' Ik had ook een kindsoldaat kunnen zijn zonder armen en benen, dank je wel!' Ze hangt op.

Als ik bijna in slaap ben gevallen, belt ze weer. Huilend nu. 'Ik schaam me zo!'

'Waarom?' vraag ik zo rustig mogelijk. Boos worden is gevaarlijk op dit tijdstip. Van boos worden krijg je een adrenalinekick. (Kan ik net zo goed meteen opstaan en het huis gaan schoonmaken.) 'Jij kan er toch niks aan doen dat je knarst in je slaap?'

Maar dat is ook niet waar ze zich voor schaamt.

Vanmiddag was Reva bij de 'adviserend tandarts' geweest, een arts die de zorgverzekeraar adviseert over het wel of niet vergoeden van tandheelkundige behandelingen. Deze man had haar gevraagd: 'Zit u vaak met metalen voorwerpen in uw mond?'

Mijn zus snapte de vraag niet.

'U heeft geen glazuur meer op de binnenkant van uw bovengebit,' legde de arts uit, 'daarom vraag ik: zit u vaak met metalen voorwerpen in uw mond? Sleutels of zo?'

Reva schoot in eerste instantie in de lach. Ze zag zichzelf al bierflesjes openen met haar tanden.

'Of drinkt u heel vaak zure dranken?'

Toen was er een belletje gaan rinkelen. Of zeg maar gerust dat het alarm afging.

Ze had met tegenzin verteld dat ze nogal vaak overgaf.

De arts vertrok geen spier na die bekentenis; hij vroeg alleen maar: 'En poetst u daarna meteen uw tanden?'

Ja, natuurlijk poetste ze daarna altijd onmiddellijk haar tanden. Want het was nogal een smerige gewoonte dat kotsen, vond ze zelf ook.

Toch had ze dat beter niet kunnen doen, bleek nu, want na het eten van sinaasappels en na het drinken of uitbraken van zure vloeistoffen zoals citroensap of maagzuur, is het van groot belang eerst 'het speeksel de kans te geven zijn herstelwerkzaamheden te verrichten', alvorens over te gaan tot het poetsen van de tanden.

'Anders poetst u de door het zuur reeds verweekte tanden nog verder kapot.'

Dus daarom is mijn zus zo overstuur. Omdat ze beseft dat ze het kunstgebit min of meer aan zichzelf te danken heeft.

'Het is een straf van God,' huilt ze.

'Ik wist niet dat jij in God gelooft.'

'Dat doe ik normaal gesproken ook niet. Alleen in dit soort gevallen.'

In de strafgevallen dus. Blijkbaar is Reva's god een streng type.

'En waarvoor heb je dan straf verdiend?' vraag ik.

'Dat zegt-ie er niet bij. Maar zo voelt het. Als een straf.'

'Dus je hebt heus wel een idee, want je voelt je schuldig,' dram ik nog even door.

'Voor liegen en bedriegen.'

'Wie bedrieg je dan?'

'Jou en mama.'

2.

Reva is anderhalf jaar jonger dan ik.

Ze houdt mij al mijn hele leven wakker. Toen ze nog klein was, deed ze dat door werkelijk overal vraagtekens bij te zetten en alles ter discussie te stellen.

Een van mijn vroegste herinneringen is dat ze, nog geen drie jaar oud, keihard door een volle treincoupé tetterde: 'Was dat nou pápa die ging strooien? Of was het Zwarte Piet?' Ik was geschokt. Had zelf die zwarte hand gezien. Welke idioot twijfelde er nou aan Zwarte Piet?

Later gingen haar vragen over God, over de dood en over andere zware onderwerpen waar ik als kind uit mezelf nooit over nadacht.

Tegenwoordig doet ze het voornamelijk per telefoon en bij voorkeur midden in de nacht.

Als mijn zus moe is, gaat ze zoals de meeste mensen naar bed om te slapen. Ze gaat alleen niet slapen. Want als het donker is en rustig in haar huis, wordt Reva pas echt goed wakker. Dan denken die hersenen van haar: 'Hé, wat krijgen we nou? Valt er niks meer te beleven?!' en dan gaan ze zelf iets verzinnen. Dus dan komen de beste, maar vaak ook de allerslechtste ideeën bij haar naar boven.

Met *allerslechtste ideeën*, bedoel ik niet onbruikbare theaterteksten, of flauwe grappen waar je de volgende ochtend al niet meer om kan lachen; was het maar waar.

Met *allerslechtst* bedoel ik destructief. Negatieve, deprimerende gedachten over wat ze allemaal fout heeft gedaan, wat ze verkeerd heeft gezegd, wie er allemaal een hekel aan haar hebben en wat er aan haar uiterlijk mankeert, waarmee ze zichzelf in een mum van tijd naar de rand van de afgrond duwt.

En dan belt ze mij.

Of misschien belt ze eerst een goeie vriend of vriendin die zo verstandig is om 's nachts zijn of haar telefoon uit te zetten, en belt ze mij daarná.

Ik zou mijn telefoon ook uit kunnen zetten 's nachts.

Daar heb ik vaak over nagedacht.

Maar ik doe het niet.

Het is pas zeven maanden geleden dat Reva ontslagen werd uit de psychiatrische kliniek waar ze werd behandeld voor een acute psychose.

Ik geloof dat ze me elke keer dat ik haar kwam opzoeken voor de voeten wierp: 'Het is jouw schuld dat ik hier zit!'

Gedeeltelijk had ze daar gelijk in.

Ik was er destijds verantwoordelijk voor dat de crisisdienst van de GGZ werd gebeld, zodat er iemand kwam die haar een spuitje gaf, en ze per ambulance werd afgevoerd.

Dat dat nodig was, was echter niet mijn 'schuld'.

Ik heb lange tijd gedacht dat het de schuld was van de DJ.

3.

De 'D' en de 'J' in 'DJ' zijn Nederlandse initialen die op z'n Engels uitgesproken dienen te worden, omdat dat nu eenmaal beter klinkt. Ze betekenen dus niet 'diskjockey'. De DJ was een van Reva's docenten tijdens haar opleiding aan de theaterschool. Hij kreeg een aanstelling toen zij aan haar tweede jaar begon. Hij was ongeveer vijftien jaar ouder dan Reva, had aan dezelfde school dezelfde opleiding tot podiumkunstenaar en theatermaker gevolgd, daarna een tijdje als pianist gewerkt en lesgegeven op basisscholen.

De DJ heeft ook een naam, maar ik word beroerd als ik die uit moet spreken of op moet schrijven.

Ik ontmoette hem voor het eerst bij een *etude** van mijn zus, en ik had meteen een hekel aan hem. Mede door de verhalen die ik inmiddels over hem had gehoord.

'Waarom noem je hem eigenlijk steeds de DJ?' vroeg ze me toen ik dat al een paar maanden deed.

'Omdat ik een hekel aan hem heb,' antwoordde ik naar waarheid.

'Is het niet een beetje discriminerend?'

'Absoluut niet. Als hij een Duitser was, dan heette hij de DD en als hij een Turk was de DT.'

'En als hij een Nederlander was?'

'DF voor een Fries, DA voor een Amsterdammer, DZ voor een Zeeuw, enzovoort.'

'Dus je hebt geen hekel aan Joden in het algemeen?'

'Nee, alleen aan deze speciale.'

'Waarom?' vroeg ze, alsof ze het antwoord niet wist.

'Vanwege jou.'

---

* *Etude* is een aanstellerige benaming voor: *zelfgemaakte oefenvoorstelling*

'Maar ik hou van hem,' zei ze terwijl ze me aankeek met de blik van een pasgeboren hertje.

'Ja, maar jij hebt een geestelijke achterstand.'

Dat laatste is een grap van ons sinds Reva tijdens de beoordelingsvergadering aan het einde van het eerste jaar van de directeur te horen kreeg dat ze een *emotionele achterstand* had. Ik weet nog precies hoe en wanneer ze me dat vertelde, en dat we er samen keihard om hebben gelachen.

'En wat betekent de term *emotionele achterstand* uit de mond van jullie directeur?' vroeg ik haar toen ik weer kon praten. Directeur V was een zwijgzame, in zichzelf gekeerde man van rond de zestig, balletdanser van origine, die lesgaf in 'gezongen repertoire'. Hij kwam op mij over als een hork, maar zijn leerlingen waren dol op hem.

'Ik denk dat hij doelt op het feit dat ik geen gevoel kan overbrengen met die liedjes van Barbra Streisand die hij me laat zingen.'

'Heb jij überhaupt een gevoel bij Barbra Streisand?'

'Ja, een gevoel van afkeer. Misschien breng ik dat over.'

Dat leek me vrij aannemelijk.

Al vanaf haar vroegste jeugd lukt het niemand om Reva iets te laten doen wat zij zelf niet ziet zitten. Als je iets van haar vraagt wat ze niet in overeenstemming kan brengen met haar karakter of met de eisen die zij zelf aan zichzelf stelt, krijg je nul op het rekest. Reva kan niet zingen als ze een lied niet mooi vindt, en ze kan niet praten als ze een tekst nergens op vindt slaan.

De spraakdocente had het nog even voorgedaan ten overstaan van alle docenten en leerlingen tijdens de beoordelingsvergadering: het gezicht dat mijn zus trekt als ze een oefening niet wil doen of een tekst niet wil zeggen. En die onverzettelijke kaak. Dat was niet zo slim van de spraakdocente. Na de grote vakantie vroeg Reva met opgaaf van een aantal zeer goede redenen overplaatsing aan naar een andere spraakdocent, en de hele klas sprong bij haar 'achter op de bagagedrager' zoals dat in het groepstherapie-jargon heet. (Iedereen profiteert gratis en anoniem mee van het feit dat één persoon zijn nek uitsteekt en kleur bekent.) Exit de spraakdocente.

Reva werd voorwaardelijk bevorderd naar het tweede jaar. Met dank aan de DJ, veelbelovend nieuwe docent op de school. Hij zou zich op de emotionele achterstand storten.

Anders dan ik, viel mijn zus op het moment dat ze hem voor het eerst een hand gaf en in zijn ogen keek, als een blok voor de DJ. 'Maar Reef, wáár val je dan op?' vroeg ik haar verbaasd. 'Op die dikke pens van hem?'
Ze viel op de DJ 'als geheel'.
Op zijn ogen, zijn stem, zijn handen, zijn jongensachtige, ondeugende lach en vooral op zijn humor. 'Je kan zo met hem lachen!' kirde ze.
'En hij heeft al een vriendin, neem ik aan?' vroeg ik vals.
Ja. Hij was getrouwd. Maar dat vormde voor mijn zus nooit een belemmering om verliefd te worden. Sterker nog: het was in haar ogen eerder een aanbeveling.

De DJ doceerde het vak 'gesproken repertoire'. Hij nam zijn taak heel serieus.
Vanwege haar achterstand had mijn zus uiteraard privélessen nodig, die hij haar bij voorkeur 's avonds gaf, van half elf tot half twaalf, als er in het hele schoolgebouw geen levende ziel meer te bekennen was.
Ik kreeg niet een heel goed beeld van wat ze precies van hem leerde, ook al vertelde ze me alles tot in detail.
Zo moest ze bijvoorbeeld de tekst van *La chanson des vieux amants* van Jacques Brel voor hem opzeggen, en dan gaf hij haar aanwijzingen, zoals: 'Zeg het maar tegen mij!'
Ik probeerde het me voor te stellen.

Mais mon amour
Mon doux, mon tendre, mon merveilleux amour
De l'aube claire jusqu'à la fin du jour
Je t'aime encore, tu sais, je t'aime

Om elf uur 's avonds in een verlaten schoolgebouw tegen een docent op wie je verliefd bent.

Terwijl ze een gedicht van Simon Carmiggelt voordroeg, ging hij op zijn rug op de grond liggen, en gaf hij haar de opdracht: 'Je mag alles met me doen!'

Later gaan we naast elkaar
wandelen op de Overtoom
drinken zoete melk met room
strijken door ons grijze haar

Zie je ons daar samen lopen
naast elkaar, zo diep bedaard
ik, een lieve, ouwe taart
jij nog kras; dat is te hopen

'Je moet het wel menen!' riep hij er in al zijn wijsheid af en toe tussendoor.

Wel, wel, wel, zo zal dat gaan
en we sterven, heel bedaard
op een donderdag in maart
tegelijk, daar hecht ik aan

Een gedicht dat geen mens hardop kan uitspreken zonder er dagenlang overstuur van te raken. Zelfs als hij *niet* eenzaam en bloedonzeker is.
Om elf uur 's avonds.
En ze moest het nog menen ook.

'Maar Reef, wat doe je dan als hij dat soort achterlijke opdrachten geeft?' vroeg ik haar.
'Ja... niks. Ik weet niet wat ik moet doen. Ik schaam me dood. Ik durf hem niet aan te kijken en ik schaam me dood. Meteen eigenlijk al als ik die les in ga.'
'En dan gaat hij op zijn rug liggen en dan?'
'Niks! Nou ja, ik ga zo zitten dat hij me niet kan zien, met mijn rug naar hem toe. En dan doe ik die tekst, maar ik vind het verschrikkelijk en het lukt ook helemaal niet, ik wil het liefst onge-

merkt van de aardbodem verdwijnen. En één keer heb ik zijn haar aangeraakt. Hij heeft heel mooi zacht, zwart haar.'

'En dan?'

'Ja... niks. Ik weet niks meer te zeggen en dan is het een tijd stil. En dan word ik heel somber.'

'En dan?'

'Nou... als het echt gênant wordt, staat hij weer op en dan gaat-ie iets vertellen. Een grappig verhaal over zijn eigen tijd hier op school, over wat hij zelf allemaal *niet* kon en daarmee maakt hij me altijd aan het lachen. Of hij speelt iets op de piano.'

Het doet me denken aan die enge pedofiel die de laatste tijd uitgebreid in het nieuws was. Die troostte zijn slachtoffers na afloop ook.

En nu weet ik ineens wat ze van hem leerde.

Ze leerde zich aan hem te onderwerpen.

De DJ gaf lessen in nederigheid.

4.

Hoewel Reva het 'vonnis' van de directeur (de emotionele achterstand) niet heel serieus leek te nemen, droeg het ook niet bij aan haar toch al geringe gevoel voor eigenwaarde, integendeel. Haar klasgenoten hadden géén achterstand. Ze vergeleek zichzelf continu met hen, of waarschijnlijk moet ik zeggen: met het beeld dat ze van hen had.

'K volgt alle lessen die er te volgen zijn!' meldde ze me huilend toen ze net aan haar tweede jaar was begonnen.

'Ja...?'

'Dat betekent dat ze vijf dagen per week van negen uur 's ochtends tot tien uur 's avonds op school zit. En dan heeft ze ook nog tijd om thuis haar teksten te leren en liedjes te schrijven.'

'Ja...?'

'Ik volg alleen de verplichte lessen. Als ik thuiskom, ben ik kapot. Dan ga ik een uur op de bank voor me uit zitten staren en daarna ga ik naar bed. Ik heb *nooit* tijd om liedjes te schrijven. Ik ben een loser!'

Dat K een heel ander karakter had en veel meer energie, en misschien wel een beetje doorsloeg in haar ijver, kwam niet in Reva op. Als je leerling was aan de theaterschool, en dus te zijner tijd een plek wilde veroveren in de theaterwereld, dan moest je in haar ogen minstens zo gedreven zijn als K.

'En ze heeft ook nog een vriend!'

'Dus daar heeft ze *ook nog* tijd voor, bedoel je.'

Ja. Dat bedoelde ze. Maar ze bedoelde bovendien dat K, naast de beste en meest ambitieuze leerling van de klas, ook nog eens bloedmooi was en een stuk aantrekkelijker dan zijzelf.

Sinds haar puberteit heeft mijn zus een vreemde obsessie met haar uiterlijk. Alhoewel ze er heel normaal uitziet, niet overdreven knap maar zeker ook niet lelijk, en een goed figuur heeft, schaamt ze zich voor bijna elk deel van haar lichaam: gezicht, borsten, benen, voeten. Als het zomer wordt, ligt ze zichzelf nachtenlang gek te maken met haar 'angst voor de bikini'. Ze verschuilt zichzelf al jaren achter een veel te lange pony, wat haar op de theaterschool onveranderlijk hetzelfde commentaar opleverde van docenten: 'Dat haar moet eraf, we kunnen je ogen niet zien.'

Maar dat was precies de bedoeling. Dat niemand in haar ogen die allesoverheersende schaamte kon zien. Schaamte over veel meer dan alleen haar uiterlijk.

Geen wonder dus, dat de DJ door mijn zus met open armen werd ontvangen. De juiste man op het juiste moment.

Hij speelde piano voor haar en zong daarbij grappige, zelfgeschreven kinderliedjes. Hij had prachtige ogen, gevoel voor humor en een zeer aantrekkelijke, uitdagende lach.

En hij 'zorgde' voor haar, ook niet onbelangrijk. Zorgen in de zin van: weten wat goed is voor de ander. De DJ bleek op alle fronten een expert. Hij vertelde Reva welk repertoire ze moest zingen, met welke docenten ze moest werken, welke films en voorstellingen de moeite waard waren, hoe ze zich moest kleden en dat ze meer make-up moest gebruiken; hij koos zelfs de winkels uit waar ze haar verse (!) pasta kon kopen en de lekkerste Italiaanse worst van Amsterdam.

En ze deed het allemaal, met uitzondering van de make-up.

Ik waarschuwde: 'Hij deugt niet', maar dat was een eufemisme. Ik dacht: hij is een sadist. De DJ had thuis een prachtige, succesvolle vrouw. Wat moest zo'n man met mijn zus?

Niet dat ik niet in Reva geloofde. Ze was een slimme meid, die echt wel iets in huis had, maar dat kon je aan de buitenkant niet zien. En op die school kwam het er blijkbaar niet uit.

Lessen in nederigheid.
Ze was zo'n gemakkelijke prooi.

5.

Het is niet helemaal waar dat Reva op de theaterschool nooit liet zien wat ze waard was. Halverwege het tweede jaar speelde ze een zelfgeschreven voorstelling van een half uur waarmee ze 'vriend en vijand' verraste.

Na Het Vonnis had ze zich voorgenomen om nooit meer het toneel op te gaan, tenzij ze zelf mocht beslissen hoe, en met welk materiaal. Vanuit dat voornemen was het idee voor haar eerste 'etude' ontstaan.

Ze bouwde op het podium een soort bunker van kartonnen dozen, waarin ze zich kon terugtrekken 'als het haar niet beviel.' Waarmee ze bedoelde: als ik bang word voor het publiek, kan ik gewoon vanuit mijn schuilplaats verder spelen.

'Ben je vaak bang voor je publiek?' vroeg ik haar.

'Hier op school wel ja.'

'Waarom?'

'Omdat je de hele tijd beoordeeld wordt. Niemand komt gewoon voor de lol naar je kijken.'

Voor de titel van het project gebruikte ze een mannennaam, *Giovanni*, het Italiaanse equivalent van de naam van mijn vader, die gek genoeg in het hele verhaal verder niet voorkwam. (Of ik heb iets gemist.) Het ging over van alles, een verloren liefde, de dood van een buurmeisje, en niet weten hoe je je plek in de wereld moet veroveren. Maar het ging vooral over de dingen die ze *niet* benoemde. Zoals ze zelf altijd zei: 'Als je iemand wilt leren kennen, moet je niet luisteren naar wat hij zegt, maar kijken naar wat hij doet.'

Het was de eerste keer sinds Reva op die school zat, dat ik naar een voorstelling van haar keek en eindelijk mijn zus te zien kreeg. De zus die ik kende van vroeger. Met haar ingewikkelde vragen waarop geen antwoord mogelijk is en haar bijtende kritiek op alles en iedereen. Alle keren daarvoor had ik naar een levenloze marionet zitten kijken, maar nu zag ik Reva, een jonge vrouw die het nodig had om zich te verschuilen. En ik zag haar verdriet. Voor het eerst. Verpakt in woedende teksten en onverstaanbare Italiaanse liederen.

Ik snapte op dat moment niet zo goed waar dat verdriet vandaan kwam. Maar toen ik er later over nadacht, besefte ik dat het er eigenlijk altijd al was. Onder de oppervlakte. Zeker vanaf de middelbare school.

Ik herinner me dat een van haar medeleerlingen, het broertje van een vriendin van mij, een keer aan mij vroeg of mijn zus ADHD had. Of eigenlijk was het geen vraag. Het was een mededeling. 'Die zus van jou, die heeft ADHD in het kwadraat, hè?!' Hij vertelde over de geintjes en de vrolijke streken die Reva uithaalde. En dat ze met grote regelmaat de klas werd uitgestuurd, omdat ze altijd het hoogste woord had en daardoor een enorme stoorzender was.

Ik dacht dat hij zich vergiste.

Dat hij een ander bedoelde.

Thuis had Reva geen ADHD. Integendeel. Thuis zat Reva urenlang in een stoel voor zich uit te staren. Of vuistdikke romans te lezen van Louis Couperus en Gerard Reve. Of ze speelde gitaar in haar eentje op haar zolderkamer en zong daarbij bloedstollend deprimerende songs. (Leonard Cohen c.s.) (Dan weet je genoeg.)

Van ADHD was hooguit sprake op dinsdagavond, de vaste tennisavond van mijn vader.

Zodra hij zijn hielen had gelicht, ging de hele familie los. Mijn broers hielden ons ondersteboven en gaven ons de kieteldood, en wij gilden en lachten en maakten lawaai voor een hele week. We werden pas weer rustig als hij een paar uur later thuiskwam en 'KAN HET WAT ZACHTER?!' brulde, om vervolgens de tv keihard aan te zetten. Zelfs mijn moeder had op dinsdagavond ADHD. Dus dat zegt niks.

Blijkbaar gedroeg mijn zus zich in het openbaar anders dan thuis.

Dat doet ze nog steeds trouwens. Ze is een graag geziene gast op feesten en partijen, iets wat je echt niet zou bedenken als je haar bij mij op de bank ziet hangen in haar pyjama.

Als tegenwoordig iemand aan mij vraagt of Reva ADHD heeft, dan antwoord ik: 'Alleen als ze vrolijk is.' En dan voeg ik daar in gedachten aan toe: maar dat is ze nooit. Ik maak het althans niet mee.

Overigens heb ik een enorme pokkenhekel aan de term ADHD. Niemand weet precies wat het betekent, maar iedereen die een beetje druk is en snel overprikkeld raakt, wordt er onmiddellijk van beschuldigd. Mijn vader noemde het altijd 'zenuwachtig'. Daar word je ook heel blij van als ze dat steeds tegen je zeggen. 'Doe toch niet zo zenuwachtig!' was mijn vaders manier om ons tot de orde te roepen als wij vrolijk (en een beetje druk) met elkaar praatten en lachten.

De realiteit was waarschijnlijk dat hij zelf zenuwachtig werd van ons lawaai, maar ik heb jarenlang onze vrolijkheid verward met nervositeit. Dacht dat wij vieren een stel neuroten waren.

6.

'Ik moet in therapie.'

Het is anderhalve week na het paniektelefoontje over het kunstgebit.

'Goed plan,' zeg ik weinig enthousiast.

Ik heb het niet zo op psychiaters en psychologen. Dat komt onder andere doordat mijn vader al zolang als ik me kan herinneren een psychiater heeft die hem in al die tijd geen moer heeft geholpen. Het is eerder omgekeerd. Mijn vader helpt de psychiater. Aan geld.

'Van wie moet je in therapie?' vraag ik. Ik doe mijn best om interesse te tonen; eigenlijk ben ik moe en wil ik naar bed. Vincent slaapt al, ik moest weer zo nodig de afloop zien van *Cold Case*, heb nu spijt.

'Van de tandarts.'

'Goh. Bemoeit die zich tegenwoordig ook al met je geestelijke gezondheid?'

Nee. Dat doet de tandarts niet. Logisch, daar is een tandarts ook niet voor. Maar hij had het rapport van de verzekeringsarts ontvangen, en daarin staat dat de kronen van Reva geheel door de verzekering vergoed gaan worden omdat zij een *medische indicatie* heeft.

Reva had de tandarts gevraagd wat die medische indicatie inhield. Hij had het aan haar voorgelezen. Naast 'patiënt vomeert vaak', las hij voor: 'lijdt aan eetstoornis'.

Ik schiet in de lach. Reva ook. Samen lachen we om haar zogenaamde eetstoornis, die haar een paar duizend euro op gaat leveren.

'Een paar duizend euro?' vraag ik dan opeens verbaasd.

'Eh... ja. Bijna tienduizend in totaal...'

Het is even stil.

'Ja, zeg het maar!' roept ze plotseling kwaad.

'Wat moet ik zeggen?'

'Dat het een schande is dat de verzekering tienduizend euro betaalt voor het renoveren van tanden en kiezen die ik zelf doelbewust heb vernield!'

Ik weet het even niet.

Doelbewust vernield... het gaat natuurlijk veel te ver om het zo te zeggen, maar het heeft geen zin om haar tegen te spreken. Als Reva vindt dat ze veroordeeld moet worden, dan zal dat oordeel er komen ook. Het liefst bij monde van een buitenstaander. En dan nog het liefst een buitenstaander met wie ze ruzie durft te maken. Ik dus. Of mijn moeder. Blijkbaar is het gemakkelijker voor haar om boos te zijn op ons, dan verdrietig over zichzelf.

'Je weet dat ik hier niet aan meedoe, hè?' vraag ik.

'Je denkt het toch? Je durft het alleen niet te zeggen!' schreeuwt ze.

'Ik durf alles te zeggen. Maar ik doe niet mee aan jouw toneelstukjes. Ik speel geen door jou verzonnen rollen. *Jij* denkt het. *Jij* vindt dat je je moet schamen. *Jij* vindt dat je die tienduizend euro niet waard bent.'

Nu heb ik haar aan het huilen gemaakt.

'En wat vind jij dan?' piept ze.

'Al was het honderdduizend euro. En al moest ik ze zelf betalen...'

Nu huilt ze nog harder. Terwijl ik natuurlijk gewoon lieg. Als ik honderdduizend euro had, dan zou ik die vast niet aan een kunstgebit voor mijn zusje uitgeven.

Tenzij...

Altijd dat *tenzij*.

Tenzij ze zonder dat gebit zo wanhopig zou zijn, dat ik moet vrezen voor haar leven, bedoel ik.

Als ik ermee kan voorkomen dat ze zichzelf iets aandoet, dan krijgt ze alles.

Alles wat ik heb.

Alles wat ik ben.

Een eetstoornis.

Zo heb ik het eerlijk gezegd nog nooit bekeken. Ik denk nooit over mijn zus in termen als 'ziek' of 'gestoord'. Niet serieus althans. Terwijl ik me regelmatig zorgen over haar maak.

En vooral: gemaakt *heb*.

7.

Ondanks het feit dat ze op school een prijs kreeg voor haar etude *Giovanni* en er opeens door niemand meer werd gerept over een achterstand op wat voor gebied dan ook, én ondanks het feit dat de DJ haar een stageplek aanbood in een toekomstig, door hemzelf te regisseren toneelstuk met zijn eigen vrouw in de hoofdrol, ging het niet goed met Reva.

Het leek wel alsof ze de moed opgaf.

Ze at niet meer. En ze belde niet meer.

Ze viel schrikbarend af in een paar maanden tijd en haar telefoon stond altijd uit. Als ik haar wilde spreken, moest ik haar thuis overvallen op een moment dat haar huis- en tevens klasgenoot P aanwezig was om voor mij de deur open te doen. Dat was meestal pas rond tien uur 's avonds als Reva allang in bed lag, want ook P volgde een intensief lesprogramma.

Ik probeerde ongeveer twee keer per week zo'n inval te doen, puur om te controleren of ze goed genoeg voor zichzelf zorgde. Meestal had ik iets te eten bij me, boterhammen met kaas en rode paprika, waar ze vroeger een moord voor deed, of een maaltijd die ik speciaal voor haar in elkaar had geflanst, en dwong haar die op te eten terwijl ik toekeek. Mijn zus zei uit zichzelf geen woord en gaf pas antwoord op mijn vragen als ik haar dekbed van haar af trok en weigerde terug te geven. Als ik te weten was gekomen wat ik wilde weten (bijvoorbeeld of ze naar school was geweest, of ze ook wel eens uit zichzelf iets at en of ze in het weekend nog iets ging doen), kreeg ze haar dekbed terug en ging ik naar huis.

Ik maakte mijzelf niet wijs dat deze acties nut hadden, maar ze gaven me tenminste het gevoel dat ik niet werkeloos toekeek. Voor alle zekerheid had ik P laten zweren op het graf van zijn hond dat hij me meteen zou bellen zodra hij zou vermoeden dat het niet goed ging.

P was een ontzettend leuke, aardige jongen die op de een of andere manier stapelgek was op mijn zus. Ik heb haar ik weet niet hoe vaak aangeraden om iets met hém te beginnen. Gesmeekt bijna.

Maar Reva valt niet op mannen die van haar houden.

Reva valt op mannen die haar seksueel aantrekkelijk vinden en haar voor dat doel best een tijdje willen gebruiken. Niet begrijpende dat die mannen minstens de helft van de vrouwelijke wereldbevolking seksueel aantrekkelijk genoeg vinden om een tijdje te gebruiken.

Dat seks voor die mannen niks betekent.

(Mijn zus denkt dat seks een vorm is van liefde. Sterker nog: zij denkt dat het de ultieme vorm van liefde is.)

Daarom verbaasde het me nogal dat ik maar steeds geen enthousiaste verhalen te horen kreeg over fenomenale en uitzonderlijke bedprestaties van de DJ.

Want ik nam aan dat het hem om seks te doen was. Ik kon me niet voorstellen waar zijn intimiderende gedrag anders toe moest leiden.

Uiteindelijk kwamen ze wel, die verhalen, hoewel zeer summier.

Ik begreep eruit dat Reva een aantal keer seks met hem had en dat het allerminst fenomenaal was, maar vooral gehaast en ongemakkelijk, en op oncomfortabele plekken zoals buiten in het park bij een temperatuur van rond het vriespunt, uit angst voor de vrouw van de DJ.

'Maar jullie kunnen toch gewoon naar jouw kamer?' vroeg ik haar. 'Daar zit die vrouw toch niet?'

Ja... dat kon wel, maar dat wilde de DJ liever niet, want hij was bang om de huis- en klasgenoot tegen het lijf te lopen in de badkamer. 'En dan krijg je natuurlijk gelul...'

Ik kreeg de indruk dat de DJ überhaupt niet zo heel graag 'wilde', en dat verbaasde me hogelijk.

'Is-ie impotent of zo?' vroeg ik pesterig.

Nee, dat was-ie niet, maar hij hield zielsveel van zijn vrouw en hij wilde zijn huwelijk niet op het spel zetten, zoiets.

Ik geloofde er geen zak van. Als iemand zijn huwelijk niet op het spel wil zetten, dan permitteert hij zich niet het soort grensoverschrijdende gedrag dat de DJ tegenover mijn zus vertoonde. Ik hield het voorlopig op impotent.

Ik was ervan overtuigd dat Reva's inzinking met hem te maken had. En de DJ zelf was daar volgens mij ook van overtuigd. Hij werd er in elk geval behoorlijk zenuwachtig van, en probeerde haar tot rede te brengen door middel van zinloze adviezen. Dat ze slagroom moest eten om aan te komen, bijvoorbeeld. Alsof mijn zus niet alle calorieëntabellen ter wereld uit haar hoofd kende. Misschien deed ze het wel om zijn aandacht te trekken. Niet eten. En graatmager worden.

Hoe dan ook, vlak voor de grote vakantie aan het einde van haar tweede jaar werden Reva en ik bij de DJ ontboden.

Ze belde me midden in de nacht. Ik schrok me rot. Dacht dat het de huisgenoot was met een onheilstijding.

'We moeten naar Corfu,' zei ze met een grafstem.

'Van wie?' vroeg ik, toen mijn hart het weer deed.

'Van de DJ. Jij en ik.'

'Gaat hij het betalen of zo?' Ik was verbijsterd. Waar bemoeide die eikel zich mee?

'We mogen zijn tent lenen. Hij zegt dat ik op vakantie moet. Dat ik rust nodig heb. En dat jij mee moet komen voor een gesprek.'

Twee dagen later zaten mijn zus en ik bij de DJ en zijn vrouw op de thee, in hun hippe appartement in Amsterdam-Zuid.

Ik had Reva beloofd niet onbeleefd te zijn en te doen alsof mijn neus bloedde (in verband met de echtgenote). Dat kostte me niet eens al te veel moeite, want de echtgenote was een aardige vrouw en ik voelde geen enkele behoefte om haar ongelukkig te maken met stekelige opmerkingen over, of tegen haar man. Ze had lekkere hapjes voor ons gehaald bij de traiteur en ze hield ook van Corfu. Ze gaf ons een lijst met adressen van leuke restaurantjes en campings, en de DJ gaf ons advies over vliegtuigmaatschappijen, verzekeringen, en mee te nemen medicijnen.

Het werd nog bijna gezellig maar daarvoor duurde het gelukkig niet lang genoeg want Reva had een ultrakorte spanningsboog in die tijd; na een half uur kwam er geen woord meer uit, werd ze vaalgrijs in haar gezicht en leek het alsof ze elk moment een epileptische aanval kon krijgen.

We namen een taxi naar haar huis op aanraden van de echtgenote.

Ik was een beetje bezorgd, alhoewel ik inmiddels wel het een en ander gewend was van andere sociale verplichtingen waar Reva niet onderuit kon en mij mee naartoe sleepte.

'Nee hoor, het gaat best, ik ben alleen maar moe,' verzekerde ze me.

'Waar ben je dan moe van?' vroeg ik. 'Je hebt de hele dag in je bed gelegen.'

'Ik word heel erg moe van spanning.'

'Welke spanning?'

Dat was een stomme vraag. Ik kon me heus wel voorstellen hoe het voor haar moest zijn om op visite te zitten bij de man op wie ze al haar hoop had gevestigd en diens levensgezellin.

'Zag je nou dat hij ook heel erg lief en zorgzaam is?' teemde ze, toen we afscheid van elkaar namen.

Dat had ik niet gezien. Ik had vooral gezien dat de DJ een acteur was, gewend om zijn onmiskenbare charme en charisma in te zetten ten behoeve van zichzelf. Mijn zus en ik moesten van hem twee weken 'naar de zon', of liever nog drie als dat financieel haalbaar was, omdat ik haar op moest lappen zodat ze na de vakantie met frisse energie aan de repetities van zijn toneelstuk zou kunnen beginnen.

Maar ik zag ook waarom hij voor haar zo aantrekkelijk was. Zó aantrekkelijk, dat ze wegkwijnde zonder zijn aandacht.

Hij deed heel vaderlijk.

8.

Niemand vroeg aan mij of ik zin had om met mijn zus naar Corfu te gaan. Behalve Vincent, met wie ik sinds mijn zeventiende samenwoon.

Alhoewel hij het anders verwoordde, omdat hij heel goed begreep dat het met 'zin' niks te maken had.

Of ik het aankon, vroeg hij.

Dat wist ik niet zeker.

De DJ had in zoverre gelijk, dat er iets moest gebeuren. Reva was zo depressief als een deur. Maar was het verstandig om met haar naar een Grieks eiland te vliegen? Persoonlijk bleef ik liever in Nederland, met het oog op eventuele problemen. Dan kon ik haar binnen twee uur overal vandaan naar huis brengen, mocht dat nodig zijn.

Maar ja, die zon...

Daar viel ook wel iets voor te zeggen.

Het werd Paros. Ook Grieks. En ook een eiland.

Ik kon het niet over mijn hart verkrijgen om letterlijk te doen wat de DJ me had opgedragen. Ik had in tegenstelling tot mijn zus grote behoefte aan eigen inbreng.

De eerste nacht sliepen we in de haven van Piraeus tussen de ratten in afwachting van de boot. Heb de DJ vervloekt. Reva maakte zich nergens druk om, dat liet ze aan mij over.

Op de boot ontmoetten we tot mijn grote opluchting een Nederlands stel van onze leeftijd, met wie we de rest van onze vakantie optrokken, zeer tegen Reva's zin weliswaar, maar Reva kon m'n rug op. Ik droeg de volledige verantwoordelijkheid voor ons tweeën, en die was me in mijn eentje veel te zwaar.

Paros was prachtig. We kampeerden met z'n vieren op het strand, liepen 's ochtends vanuit ons bed zo de zee in, op honderd meter afstand van onze tenten stond een piepkleine snackbar waar we voor weinig geld konden ontbijten, lunchen en dineren, en het regende nooit.

De tent van de DJ was op geen enkele manier strak te spannen en hoe je er ook in ging liggen, in de lengte, in de breedte of overdwars, altijd lag je met je hoofd in het tentdoek. Wat ons, naast voor de hand liggende woedeaanvallen, ook een aantal keer de slappe lach opleverde, waar ik de DJ heimelijk dankbaar voor was. Want lachen, dat was iets wat mijn zus verleerd leek te zijn.

Twee weken lang volgde Reva mij op de voet. Ze deed alles wat ik deed. Als ik een boek las, probeerde zij ook een boek te lezen; als ik geen zin had om mijn haar te wassen, ging zij ook haar haar niet wassen; ze forceerde zichzelf om net zo lang in de zon te liggen als ik, wat tot grote frustratie leidde want ze had een hekel aan zonnebaden maar hoe bruiner ik werd, hoe witter zij, dus ze 'moest wel!'; en alles wat ik at, at zij ook.

Bij de lunch hadden we steeds dezelfde conversatie.

R.: 'Wat neem jij?'

Ik: 'Ik neem een Griekse salade.'

R.: 'Ik ook.'

Ik: 'Met of zonder olijfolie?'

R.: 'Wat doe jij?'

Ik: 'Ik bestel zonder, en dan doe ik er straks zelf een klein beetje bij uit de fles die op tafel staat.'

R.: 'Oké.'

Hoewel ik vermoedde dat ze een belangrijke reden had voor haar gedrag, die ze het liefst onbenoemd liet, was ik te nieuwsgierig om er niet naar te vragen.

'Waarom doe je steeds hetzelfde als ik?' vroeg ik toen we een keer met z'n tweeën in ons favoriete restaurantje zaten.

Ze hoefde er geen seconde over na te denken.

'Dan ben ik veilig.'

'Veilig?'

'Ik eet precies wat jij eet, want jij bent goed.'

En met 'goed' bedoelde ze: niet te dik en niet te dun. Blijkbaar dacht ze dat ik het alleen over haar eetgedrag had.

Ik vroeg niet door. Want hoewel het af en toe op mijn zenuwen

werkte, had ik er geen last van dat ze mij imiteerde alsof haar leven ervan afhing.

9.

'Ik heb aan iedereens blote voeten een hekel, behalve aan de jouwe
en die van de DJ. Jullie hebben nette voeten die een sympathieke
indruk maken.'
'En je eigen voeten?'
'Die haat ik.'
Waar ik eergisternacht nog lichtelijk verbaasd was dat mijn zus
'in therapie moet', denk ik nu: welke gek heeft er nou een hekel aan
iedereens blote voeten???
'Waarom vindt de tandarts eigenlijk dat je in therapie moet?'
vraag ik. Ik ben oprecht benieuwd of ze bij hem ook dit soort war-
taal uitslaat.
Diepe zuchten aan de andere kant van de lijn.
'De tandarts wil pas aan die kronen beginnen als ik gestopt ben
met kotsen,' zegt ze ten slotte.
'Maar het ging toch best goed met dat kotsen?'
'Hmm... ja...'
'Doe je het nog steeds?'
'Hmm...'
Ze doet het nog steeds.
En in die mate, of misschien moet ik zeggen: zo dwangmatig,
dat ze er uit zichzelf niet mee kan stoppen.
Heeft ze geprobeerd.
Lukt niet.
Logisch, vond de tandarts. Zo'n gewoonte van zes jaar zet je
niet in een keer overboord.
'Zes jaar?' vraag ik verbaasd. 'Je bedoelt toch niet zes jaar lang,
elke dag?'
Ja. Dat bedoelt ze wel. Zes jaar lang elke dag minstens één keer,
namelijk 's avonds vlak voordat ze naar bed gaat, als haar maag
leeg *moet* zijn, anders kan ze niet slapen (dat gaf ook die ellende

van dat maagzuur en die tanden). Maar vaak ook vijftien tot twintig keer op een dag.

'Vijftien keer? Dan is je maag toch allang leeg?' vraag ik, sukkel die ik ben. Ik probeer zo rustig mogelijk te praten en niet te verraden dat alles wat ze me vertelt voor mij lang niet zo vanzelfsprekend is als voor haar. Gelukkig zit ze niet live tegenover me en hoef ik haar niet aan te kijken.

Als ze vijftien keer op een dag moet kotsen, is er meestal sprake van een aantal eetbuien. En na een eetbui kotst ze minstens drie keer. Om er zeker van te zijn dat alles weg is.

'En hoe doe je dat dan die derde keer?'

'Gewoon door veel water te drinken, dan krijg je ook de laatste restjes ermee uit,' zegt ze vrij onbekommerd. 'Of melk, dat voelt prettiger.'

Fijn om te weten.

De rillingen lopen over mijn rug als ik het me voorstel.

'Maar waarom kan je het op sommige dagen bij één keer laten, en op andere dagen niet?' Ik begrijp er echt niks van.

Ze kan het bij één keer laten op dagen die belangrijk voor haar zijn. Namelijk de dagen waarop ze 's avonds een voorstelling heeft. Dan *moet* ze wel goed voor zichzelf zorgen (lees: eten), want dan kan ze het zich niet permitteren om flauw te vallen of te gaan 'shaken.'

'En wanneer ga je shaken?' vraag ik.

Je gaat bijvoorbeeld shaken als je na drie keer kotsen gaat stofzuigen. Of een balletles doet. Als je wilt dat het shaken stopt, eet je iets. Niet te veel, want dan moet je weer... enzovoort.

'Wat is te veel?'

Eigenlijk is alles te veel. Alles wat je *niet* nodig hebt om te voorkomen dat je gaat shaken.

'En wanneer krijg je zo'n eetbui?'

Een eetbui krijgt ze altijd als ze iets heeft gegeten wat *niet mag*. Dat kan een extra boterham zijn, of een biscuitje of een ijsje. En omdat dat niet mag, eet ze daarna nog vier boterhammen of het hele pak biscuit of twee slagroomwafels.

'Bedoel je echt óf óf, of bedoel je én én?' vraag ik.

Ze bedoelt óf óf. Want het zijn eetbuien. Geen vreetbuien.

Nou.

Ik heb weer een hoop geleerd.

Ik bedank mijn zus voor het boeiende gesprek en wens haar alvast welterusten voor het geval ze van plan is te gaan slapen.

10.

Ik begin nu een beetje een idee te krijgen van wat Reva laatst bedoelde met 'liegen en bedriegen.' Maar eerlijk gezegd voel ik me niet bedrogen. Ik voel me een enorme sukkel. Ik had geen flauw benul van de omvang van haar 'eetprobleem.' *Ik*, die altijd haar steun en toeverlaat ben geweest. Of dacht te zijn.

Waarom heb ik niet opgelet? Ik wist natuurlijk wel dat ze 'af en toe' kotste. Dat heeft ze me zelf verteld. Jaren geleden al, toen het waarschijnlijk allemaal begon.

Ze zat in de derde klas van de middelbare school. Ze had nooit trek tijdens het avondeten. Zelf verklaarde ze dat als volgt: rond een uur of vijf in de middag kreeg ze altijd een dip, mede veroorzaakt door verveling en irritatie over de stapels huiswerk die ze elke dag had, en dan ging ze boterhammen eten. Dus als wij met z'n allen aan tafel gingen om zes uur, zat zij nog vol. Bovendien hield ze niet van warm eten. Ook niet van de geur ervan. Maar omdat de maaltijd voor Reva's gevoel eindeloos lang duurde en omdat het nu eenmaal etenstijd was, schepte ze gewoon op en at mee. Daarna werd ze misselijk. Op een avond ontdekte ze dat als ze voorovergebogen met haar hoofd boven de wc ging hangen, de zojuist genuttigde maaltijd er heel gemakkelijk weer uit kwam; ze hoefde er vrijwel niets voor te doen, de zwaartekracht deed als het ware het werk. Dus dat was een prima oplossing.

Ik had er geen idee van dat ze deze truc ook ging toepassen als ze vond dat ze te veel had gesnoept.

En dat ze te veel ging snoepen omdat ze nu eenmaal deze truc had uitgevonden.

Eerlijk gezegd hield ik me in die tijd helemaal niet zo bezig met mijn zus. Ik had wel iets anders aan mijn hoofd. Ik was nogal druk met jongens en uitgaan en geld verdienen om uit te kúnnen gaan (in de juiste kleren en met de juiste make-up).

Tegenwoordig woont Reva op vijf minuten loopafstand van onze etage in de Rivierenbuurt. Zodra ze bij ons een voet over de drempel zet, heeft ze honger, ongeacht het tijdstip van de dag. Dan vraagt ze om een boterham die ik voor haar moet smeren. 'Want jíj weet wat een normale hoeveelheid boter is en een normale hoeveelheid pindakaas.'

Ik heb altijd wel begrepen dat die boterham met pindakaas voor haar iets anders betekent dan een boterham met pindakaas. Het is een vorm van aandacht. 'Zorg' is misschien een beter woord.

Reva kan alleen taart eten als ik haar toestemming geef.

'Mar, denk je dat ik een stukje appeltaart kan nemen?' vraagt ze elke keer als we samen op de verjaardag van mijn ouders zijn. Mijn moeder bakt barbaars lekkere appeltaarten, daar kan zelfs Reva geen weerstand aan bieden.

'Ja, dat kan gemakkelijk,' zeg ik dan. 'Al nam je er vijf.' Vervolgens moet ik een stukje voor haar afsnijden, waarvan ze meestal een deel laat staan.

Ik vroeg haar een keer expliciet waar die omzichtigheid voor nodig was.

'Ik voel me slecht als ik zomaar iets eet wat ik heel erg lekker vind,' antwoordde ze.

'Waarom?'

'Dan voel ik me een hebberig kind.'

?

Als *ik* haar een stuk taart geef, voelt dat voor haar als een cadeau. 'Want jij houdt van mij.' Maar als zij uit zichzelf iets eet wat niet strikt noodzakelijk is om te kunnen overleven dan voelt het 'Alsof ik aan iedereen laat zien dat ik heel erg blij ben met mezelf.'

'En wat zou dat? Als je heel erg blij was met jezelf?' vroeg ik.

Daar kreeg ik niet eens een antwoord op.

Soms raakt ze achteraf in paniek. Na het eten van de taart, bedoel ik.

'Mar, ik denk toch dat ik het niet had moeten doen. Ik denk dat ik het beter uit kan kotsen', komt ze me melden. Als een klein kind dat in conflict is met haar geweten. 'Nee schat, dat hoeft echt niet. Het is goed zo', bezweer ik haar paniek. En dan blijft ze voor de zekerheid een half uur naast me zitten.

Dus ik weet heus wel dat mijn zus iets raars heeft met eten. Daarom was ik ook niet verontrust door haar gedrag tijdens onze vakantie in Griekenland. Maar ik dacht dat het een overzichtelijk 'iets' was.

11.

Ik kan niet meer slapen en bel mijn zus.

Ze neemt niet op.

Ze neemt eigenlijk nooit op. Ze wacht altijd tot ik een boodschap heb ingesproken of een sms heb gestuurd, en daarna besluit ze of het de moeite loont om terug te bellen.

Maar op Paros dan, kotste je daar ook? Ben ik blind of zo? sms ik.

Ze week geen minuut van mijn zijde. Als ze een paar keer per dag haar eten eruit gooide, dan had ik daarvan toch iets moeten merken? Zo onoplettend ben ik toch niet?

'Nee,' zegt ze zodra ik opneem. 'Bij jou kots ik niet.'

'Dat is niet erg geloofwaardig na die uitleg van daarnet.'

'Nou ja, bijna niet,' geeft ze toe. 'En bovendien viel Paros in die paar maanden dat ik vrijwel niks at.'

Ik zie ons weer zitten aan dat tafeltje bij de Imbiss.

'Je at precies hetzelfde als ik!' zeg ik.

'Maar altijd de helft minder. En zonder olie.'

Én zonder feta. Die lag altijd nog onaangeroerd op haar bord als er werd afgeruimd, herinner ik me opeens. De olie die ik altijd zélf bij mijn salade wilde doen, omdat ik hou van sla met een beetje olie maar niet van olie met een beetje sla, sloeg zij consequent af. Weet ik ook nog. Snoepen deden we daar niet, want er was geen winkel in de buurt. We gebruikten bijna al onze maaltijden bij de Imbiss op het strand, de kleine snackbar waar je gezonde snacks kon krijgen, zoals Griekse salade met brood en verse jus d'orange, ons standaardmaal. Als we zin hadden, liepen we om te dineren naar een van de restaurants aan de andere kant van het eiland, een wandeling van een uur heen en een uur terug. 'Dus dan moest je wel iets in je maag hebben.'

'En waarom at je zo weinig die paar maanden?' vraag ik.

'Ik weet niet... op een gegeven moment dacht ik bij mezelf: als het er toch niet in mag blijven, kan ik het er net zo goed niet in stoppen ook. En dat scheelde een hoop gedoe.'

'Gedoe?'

'Je hoeft geen boodschappen te doen. Je hoeft geen boterhammen te smeren, niks in je mond te stoppen, niet te kauwen, niet te slikken en niet te kotsen. Niet na te denken ook, over wat wel en wat niet mag. Het gaf een enorme rust.'

'En daar was je wel aan toe op je negentiende, aan rust?' Het klinkt cynischer dan ik het bedoel. Ik kan het me gewoon niet voorstellen.

'Ik denk het. Rust in mijn hoofd. Even geen strijd.'

'Je bedoelt de strijd over wat je wel en wat je niet mag eten?'

'Hmmm... onder andere...'

'Maar waarom voer je die strijd? Je kunt toch gewoon via internet een lijst downloaden waarop staat wat je per dag minimaal nodig hebt aan voedingsstoffen?'

'Ja... maar het gaat geloof ik verder dan dat... Ik mag eigenlijk niks, maar ik wil wel van alles. En dat veroorzaakt die strijd. En het kotsen.'

'Van wie mag je niks?'

'Daar kom ik niet achter. Maar ik mag *echt* niks.'

12.

Ik ben dus wel onoplettend, maar niet helemaal stekeblind.

Het voelt gedeeltelijk als een opluchting.

Maar tegelijkertijd besef ik nu pas: wie zorgde er voor mijn zus als ik er niet was? Dus het overgrote deel van de week?

Zelf kon ze het blijkbaar niet, of ze verdomde het, en de DJ ging het ook niet doen, ook al had hij bij haar sterk de indruk gewekt van wel. Dat bleek eens te meer na de vakantie tijdens de repeties van *Het Waardeloze Toneelstuk*.

Het Waardeloze Toneelstuk is de titel die Reva na de eerste lezing gaf aan het theaterspektakel van de DJ waarin zij, inmiddels derdejaars leerling aan de theaterschool, een stageplek had onder zijn regie. Het was een stuk voor drie acteurs en twee actrices (de vrouw van de DJ en Reva), gebaseerd op een absurdistische tekst zonder humor, met een aantal inhoudsloze liedjes.

De DJ beet er zijn tanden op stuk.

Ook al was Reva tijdens het *WT* alles bij elkaar hooguit twintig minuten op het toneel aanwezig, waarvan tien zonder tekst op de achtergrond, voor de DJ was het reden genoeg om haar tot op de grond toe af te breken gedurende de repeties.

Hij hamerde aan een stuk door op haar 'gebrek aan professionaliteit': ze zong niet goed genoeg, ze sprak onverstaanbaar, niet hard genoeg, niet laag genoeg, en niet sexy genoeg en ze timede haar grappen niet goed, de ene keer was ze te snel, de andere keer wachtte ze juist te lang. 'Voel je dat dan niet?' beet hij haar keer op keer verwijtend toe. Alsof het überhaupt mogelijk is om zonder publiek te voelen hoe grappen getimed moeten worden, en alsof er überhaupt sprake was van 'grappen' in het Waardeloze Toneelstuk.

Hij liet Reva soms een half uur lang dezelfde zin opnieuw zeggen totdat een van haar collega's het niet meer aan kon zien en hem smeekte haar met rust te laten.

'Ik snap eerlijk gezegd niet waar hij zich zo druk over maakt,' vertrouwde mijn zus mij tijdens een van onze zeldzame ontmoetingen in die periode toe. 'Die rol van mij gaat nergens over. Ik hoef alleen maar een paar onsamenhangende zinnen uit te kramen in een stewardessenkostuum, dat is alles.'

Achter haar rug om bestookte de DJ de overige acteurs met de ernstige 'zorgen' die hij had over Reva's kwaliteit en haar niveau. Of ze het wel aankon. Die rol. In Zijn stuk. Want 'Hoe wil je een stewardess spelen als je niet eens op hakken kunt lopen?'
Er werd een dansdocente ingehuurd om Reva op die (hoge) hakken te leren lopen, maar inmiddels was ze zo onzeker geworden dat ze zelfs niet meer op blote voeten over een rechte lijn kon lopen 'zonder ervan af te vallen'.

Bij de première werd me meteen duidelijk dat de rol die mijn zus speelde ongestraft geschrapt had kunnen worden, of door de eerste de beste technicus ingesproken op een geluidsband.
Waarom had de DJ zoveel tijd en negatieve energie aan haar besteed?
Geloofde hij oprecht in het op die manier opbouwen van een personage? Had hij de hoop dat Reva na wekenlang gekleineerd te zijn, herboren en volledig ingeleefd in haar figurantenrol op zou staan? Omdat 'alleen uit leed kunst wordt geboren' of zo?
Of probeerde hij met zijn gedrag aan iedereen duidelijk te maken dat ze in geen enkel opzicht enige concurrentie vormde voor zijn echtgenote? (Niet als actrice én niet als vrouw.)
Dat was wat Reva zelf dacht.
Zij dacht dat de DJ deed alsof hij een hekel aan haar had, om op die manier alle eventuele argwaan van zijn vrouw de kop in te drukken.

Ik denk eigenlijk dat de DJ een pispaal nodig had in zijn club. Iemand om wie de hele groep zich zorgen zou gaan maken *want hoe moet het straks met de première als onze stewardess er zo'n potje van maakt...* en die hij dan uiteindelijk aan haar haren uit het moeras zou weten te trekken om zo, op het nippertje, de voorstelling te redden.

Dit alles natuurlijk ter meerdere eer en glorie van de DJ zelf, een god in het diepst van zijn gedachten, Groot Regisseur van Waardeloze Toneelstukken.

Hij had geen beter slachtoffer kunnen kiezen dan mijn zus; van haar had hij geen enkel gevaar te vrezen. Het zou niet in haar opkomen om hem te verraden, of te chanteren met zijn overspelige gedrag.

Het kwam niet eens in haar op om zich tegen hem te verzetten.

13.

Ik kan nog steeds niet slapen.

Bel nogmaals mijn zus.

'Maar hoe deed je het dan met eten tijdens die verschrikkelijke repetities?'

Ik moet het weten. Het leek redelijk goed met haar te gaan in die tijd, ze was niet meer zo angstaanjagend dun als voor en tijdens onze Griekse vakantie. Daardoor dacht ik dat het probleem (dat wil zeggen: het zichtbare gedeelte van haar probleem), was opgelost. Maar nu blijkt dat ze jarenlang haar bizarre eetgedrag niet onder controle kreeg, en het zonder therapie waarschijnlijk ook niet onder controle gaat krijgen.

'Ja, wat denk je...? Toen had de verwarring ongeveer haar hoogtepunt bereikt.'

'Welke verwarring?'

Ze zucht. Ik weet dat het haar veel moeite kost om het uit te leggen. Maar ik wil het begrijpen. Na nog een diepe zucht zegt ze: 'Er is altijd een spanningsveld tussen wat jij wil en wat een ander van jou wil. Wat *ik* wilde deed er niet toe. Dat werd me in die repetitieperiode heel goed duidelijk gemaakt door de DJ. En ik kon op de een of andere manier niet voor mezelf opkomen toen. Ik dacht dat het waar was. Dat ik er niet toe deed. Ik was het eigenlijk met de DJ eens. En wie er niet toe doet, hoeft ook niet te eten.' Hierna zwijgt ze een tijd.

'Maar een mens moet nou eenmaal eten, anders gaat-ie dood,' zeg ik om haar aan te moedigen verder te gaan.

'Of hij valt flauw tijdens de repetities. Dat mocht ook niet van de DJ.'

'Dus je at wat je minimaal nodig had.'

'Overdag. Maar ondertussen moest ik ook ontsnappen aan die verschrikkelijke repetities.'

Daar had ze een truc voor. Terwijl de DJ haar stond uit te kafferen zag ze in haar geestesoog een lopende band met roze koeken, zelfgebakken appeltaart en slagroomwafels van de Italiaanse ijssalon voorbijtrekken. Zodra ze klaar was met repeteren ging ze vanuit het repetitielokaal regelrecht door naar de bakker. 'Op de fiets begon ik al te eten.'

Dus dat was wat huisgenoot P bedoelde als hij me gerust probeerde te stellen aan de telefoon. ('Ja, ze slaapt al, maar het gaat goed hoor. Ze eet. Veel zelfs. Echt.')

'Dus waar een ander naar de fles grijpt, greep jij naar de roze koeken?'

'Ik was verslaafd aan eten en kotsen. En met die verslaving kon ik heel goed mezelf en mijn paniek verdoven.'

'Hoe?'

'Gewoon. Dat kotsen geeft een roes. Het werkt ontspannend. Je maakt jezelf letterlijk en figuurlijk leeg. Na drie keer krijg je een prettig soort mist in je hoofd en dan hoef je de rest van de avond nergens meer aan te denken, behalve aan wat en óf je nog meer zal eten.'

Ik begin nu geloof ik ook een beetje een idee te krijgen van wat de verzekeringsarts bedoelde met de term 'eetstoornis'.

'Maar Reef, wat wílde je dan eigenlijk zelf?' vraag ik na een tijdje.

Aan de adem die ze hoorbaar door haar neus uitblaast, als een soort lachje, merk ik dat ze zichzelf veracht om het antwoord dat ze gaat geven.

'Veilig zijn,' zegt ze. 'Onderduiken bij de DJ, de rest van mijn leven.'

'En... wil je dat nog steeds?' vraag ik voorzichtig omdat ik een beetje bang ben voor het antwoord.

'Het zal jou wel heel onwerkelijk in de oren klinken, maar Ja. Dat. Wil. Ik. Nog. Steeds.'

'Heel onwerkelijk,' beaam ik.

En. Behoorlijk. Gestoord.

14.

Na de première van het Waardeloze Toneelstuk volgde een korte tournee van drie maanden door het hele land. Er waren niet veel voorstellingen verkocht, gemiddeld twee à drie per week, waarvan de meeste in het weekend plaatsvonden.

Op de dagen dat Reva niet hoefde te spelen, ging ze gewoon naar school. Van de DJ kreeg ze inmiddels geen les meer en daardoor had ze, voor zover ik wist, nog nauwelijks contact met hem. (Over het algemeen reist een regisseur na de première niet meer mee met de voorstelling.)

In mijn ogen was dat een gunstige ontwikkeling.

Het stuk was door de landelijke pers unaniem de grond ingeboord, de recensies waren genadeloos, en mede daardoor kwam er geen hond op de voorstelling af. Reva vertelde me vaak dat ze voor een publiek van vijftien man of minder had gespeeld. In de schouwburg van Gouda. Of Middelburg. Of Winschoten. En regelmatig werd er een voorstelling afgelast wegens gebrek aan belangstelling.

Ik was er een keer bij toen Reva werd gebeld door de hoofdrolspeelster (en vrouw van de DJ). 'Goh, wat jammer...' zei ze met een grafstem, terwijl ze intussen wilde overwinningsgebaren naar mij maakte. 'Nee, ik snap het wel, je moet ergens een grens trekken. Ja... bij minder dan vier wordt het gênant, daar heb je gelijk in...' Ze had nog niet opgehangen, of ze brulde: 'Ik hoef niet naar Roermond!!!' Ik had haar in geen tijden zo vrolijk gezien.

Ik was een beetje verbaasd. Want hoewel het stuk op z'n zachtst gezegd geen schoonheidsprijs verdiende, was toneelspelen Reva's grote droom en nu de DJ niet meer continu in haar nek liep te hijgen, had ze min of meer haar draai gevonden.

'Is dit misschien wat de directeur laatst bedoelde, toen hij zei dat je niet de juiste mentaliteit hebt voor de theaterwereld?' vroeg ik.

'Nee hoor,' zei ze. 'Dat van die *heel foute mentaliteit* riep hij omdat ik niet in Carré wil staan.'

Tijdens een van zijn lessen gezongen repertoire had de directeur tegen haar gezegd dat ze 'haar emoties veel meer moest uitvergroten', omdat ze anders nooit de achterste rijen van Carré zou kunnen bereiken. Reva, die niet zo'n liefhebber is van het uitvergroten van emoties in het bijzonder en van aanstellerij in het algemeen, had hem opzettelijk tegen zich in het harnas gejaagd door te zeggen dat ze helemaal niet van plan was om ooit 'in Carré te staan.'

'Waarom wil je dat eigenlijk niet?' vroeg ik.

'Gewoon. Omdat Carré veel te groot is.'

En na een poosje zwijgend voor zich uit staren, voegde ze eraan toe: 'Ik vind de schouwburg van Gouda al veel te groot voor een publiek van vijftien man...'

Daarna rolden we samen over de grond van het lachen.

Overigens was het niet de abominabele kwaliteit van het toneelstuk die maakte dat ze zo blij was dat de voorstelling niet doorging. En ook niet het contact met haar collega's, dat ze als dodelijk vermoeiend ervoer, ook al waren de meesten erg aardig.

'Ik ben gewoon altíjd blij als iets niet doorgaat, wat het ook is,' beweerde ze.

'Ook als het een afspraak met een eventuele minnaar betreft?' vroeg ik.

'Ja, dan ook.'

'Je liegt.'

'Nee, serieus. Ik ben gewoon blij dat ik dan niets hoef. Dat ik niet mijn best hoef te doen om er mooi uit te zien, of vrolijk te zijn. Dat ik opeens zomaar vrij ben.'

'En wat ga je dan doen met die vrijheid?'

'Gewoon...'

Niks dus. Een beetje doelloos door de stad fietsen. Of de hele dag op bed naar het plafond liggen staren, haar twee grootste hobby's.

'En als de DJ een afspraak met je zou maken, die hij vervolgens af zou bellen?' vroeg ik, een beetje gemeen. Ik wist dat het verboden was om uit mezelf over de DJ te beginnen. Maar die lachbui van daarnet, de eerste sinds onze vakantie in Griekenland, had iets in me losgemaakt; ik wilde meer. Ik baalde ervan dat er zo weinig over was van mijn zus. Dat er geen greintje pit meer in haar zat, geen woede, geen ambitie, niks. Dat we nooit meer zo onbedaarlijk de slappe lach hadden als toen we nog kinderen waren. En dat ze eruitzag als een half dooie hond. Ik wilde haar wakker schudden. Wakker schoppen, desnoods.

Maar dan had ik het anders aan moeten pakken.

In één keer werden haar ogen dof en liet ze haar schouders hangen.

'De DJ maakt geen afspraken met mij,' mompelde ze. Daarna stond ze op van de bank en liep ze naar de slaapkamer.

'Sorry Reef...' begon ik.

Maar het speet me eigenlijk helemaal niet.

Ik werd ineens piswoest en stormde haar achterna. 'Reva! Je gaat godverdomme niet weer in je bed liggen! Kom eruit! Praat met me!' schreeuwde ik.

Ze reageerde niet.

Ik kon haar wel met haar kop tegen de muur slaan. Ik rukte het dekbed van haar af.

'Waar is je zelfrespect gebleven?!' gilde ik. 'Je laat je er toch niet onder krijgen door die narcistische zak? Ga aangifte doen! Of word tenminste een keer kwaad op die debiel!'

Het zat er niet in.

Er zat niets meer in.

Een leeggelopen ballon. Een uitgeblust oud wijf.

Ze mompelde iets in haar kussen.

'WAT ZEG JE?' schreeuwde ik in haar oor.

Rot nou maar op.

Dat zei ze.

Ik moest in de gang op de grond gaan zitten om bij te komen. Ik voelde me alsof ik drie dagen niet had gegeten. Alles aan mij trilde van woede. Of van onmacht.

Net op het moment dat ik voldoende energie had verzameld om

op te staan en naar huis te gaan, vroeg ze: 'Aangifte waarvan?'

Ze meende het. Ze had geen idee.

Ik probeerde mijn boosheid in te slikken. 'Weet ik veel... van seksuele intimidatie of zo...'

'Maar Mar,' zei ze zo zacht dat ik haar bijna niet verstond, 'ik wilde het zelf... En als hij morgen voor de deur staat, wil ik het weer.'

Ik wist niet wat ik hiertegen in moest brengen.

Ik kon haar vanuit de gang zien liggen. Ze lag met haar rug naar mij toe.

Na een hele tijd zei ze met een stem die klonk alsof ze doodmoe was en het nauwelijks op kon brengen om te praten: 'Het ligt niet aan de DJ, Mar. Het ligt aan mij. Als hij er niet was, koos ik een ander uit die mij op dezelfde manier zou behandelen. Ik doe dat steeds. Ik val gewoon op mannen die niet van mij houden.'

'Waarom dan?' vroeg ik.

Er volgde weer een lange stilte.

Daarna antwoordde ze: 'Misschien hoop ik ze over te kunnen halen om het toch te doen?'

Ik moest opeens denken aan die tv-reclame van L'Oréal.

Because I'm worth it.

Maar dan het tegenovergestelde.

'Dat gaat je niet lukken, Reef,' zei ik.

'...'

'Echt niet.'

15.

Reva zette wat haar nog restte aan creativiteit en daadkracht in om de moeizame tournee om te vormen tot een persoonlijk succes.

Van de huisgenoot hoorde ik dat ze het complete ad hoc gezelschap afwerkte, op de echtgenote van de DJ en de stokoude acteur J na.

Musici, collega-acteurs, technici en zelfs de dramaturg belandden bij haar in bed.

Het moge duidelijk zijn dat de huisgenoot daar niet blij van werd.

Ook ik had mijn vraagtekens bij deze methode, maar één van haar veroveringen staat me nog helder voor de geest, omdat die werkelijk iets voor haar deed.

Ze belde me op een zaterdagochtend jubelend wakker: 'Weet je W nog? Die leuke docent theatertechniek op wie de hele school verliefd is? Hij maakte het lichtplan voor mijn eerste etude...'

'Die knappe?'

'Die nooit iets zegt en zich door niemand laat verleiden...'

Ik wist wie ze bedoelde. 'Hij heeft ook het lichtplan van het Waardeloze Toneelstuk gemaakt, toch?'

'Ja, die. Hij bleef vannacht bij me slapen.'

'Zo!' riep ik vol bewondering. 'Hoe heb je dat voor elkaar gekregen?'

'Gewoon. Omgekocht. Met een pistool op z'n hoofd. Gedrogeerd en daarna verkracht. Nee hoor, hij ging uit eigen vrije wil met me mee. Sterker nog, het was zíjn idee.'

'En?' vroeg ik.

'Ik heb nog nooit een leukere man gehad. En na afloop ging hij NIET naar huis. Hij bleef bij mij slapen in het eenpersoonsbed EN IK SLIEP OOK.'

'Zo...'

'Dat zegt genoeg, toch?'

'Nou.'

'Het is een heel smal eenpersoonsbed!'

'Ja.'

'En toen ik vanmorgen wakker werd met een verdraaide nek was ik echt gelukkig.'

De gelukkigmakende ervaring met de theatertechniekdocent hield haar de rest van de tournee op de been. Helaas had de man een relatie, die weliswaar op haar einde liep maar die hij eerst netjes wilde afronden om de boel niet door elkaar te laten lopen. Daarom bleef het voorlopig bij die ene keer, maar dat maakte Reva niet uit. Hij had haar zelfvertrouwen met 500 procent opgekrikt. Hij was ontzettend knap en wat belangrijker was: ontzettend zachtaardig, in tegenstelling tot het soort mannen waar Reva normaal gesproken op viel.

'Maar Mar, waarom koos hij *mij*?' vroeg ze me een paar weken later, toen ze uit de droom ontwaakte.

'Ja...'

Ik kon er geen antwoord op geven. Niet omdat ze oogverblindend mooi was, want dat was ze niet.

'Misschien vindt hij je lief...?' opperde ik.

Maar dat was ze eigenlijk ook niet.

Ze was verschrikkelijk ingewikkeld.

16.

Mijn zus heeft ook iets raars met seks.

(Niet alleen met eten.)

Het duurde heel lang voordat Reva geïnteresseerd raakte in seks.

Ik weet nog dat mijn moeder, zelf ook niet buitensporig seksueel geïnteresseerd, op een gegeven moment bezorgd aan mij vroeg of Reva misschien 'aseksueel' zou kunnen zijn. Omdat zij, anders dan ik, op de middelbare school nooit een vriendje had, en omdat ze altijd zwaar geïrriteerd raakte als het onderwerp ter sprake kwam.

Ik antwoordde dat ik dacht van niet. Dat mijn zus volgens mij op De Ware wachtte. Op *the one and only* aan wie ze haar maagdelijkheid zou schenken.

'Nou, dan kan ze lang wachten,' zei mijn moeder.

Maar ik wist wel beter.

De Ware had zich allang aangediend in de vorm van de leraar Natuurkunde (lelijk, saai, getrouwd en twee kinderen). Sinds haar veertiende was Reva dodelijk verliefd op die kwal en vanaf haar vijftiende zoende ze met hem.

Ik heb haar heel vaak gewaarschuwd voor deze man.

'Je weet dat hij nooit bij zijn vrouw weggaat, hè?' vroeg ik pesterig, toen ze me voor de zoveelste keer met dweepzieke lulverhalen over hem lastigviel.

'Ja, dat weet ik. Dat zegt hij ook. Hij is heel eerlijk,' antwoordde ze.

'Nee, Reva, zulke mannen ZIJN NIET EERLIJK,' brulde ik haar in het gezicht. 'Want het is niet eerlijk om eindeloos te tongzoenen met een meisje van vijftien dat verliefd op je is, en daarna thuis bij je vrouw in bed te duiken. Tongzoenen is het begin van seks, en daarmee hou je iemand die verliefd op je is aan het lijntje en zorg je ervoor dat ze niet verder kan met haar eigen leven.'

Ik kon het weten, ik was zelf al jaren seksueel actief.

Ze was door mijn uitval geenszins van haar stuk gebracht.

'Het gaat hem helemaal niet om seks,' beweerde ze met een onuitstaanbaar gelukzalige glimlach op haar gezicht, als een non die over haar huwelijk met de Here Jezus zit op te scheppen. 'Hij houdt van me.'

'Hij liegt!' schreeuwde ik. 'Hij heeft thuis een heel gezin om van te houden, daar heeft-ie jou niet voor nodig. Het gaat hem *alleen maar* om seks.'

Ik kreeg gelijk.

De natuurkundeleraar wachtte netjes tot Reva geslaagd was voor haar eindexamen, zodat hij op school niet in de problemen zou komen. Daarna vroeg hij haar of ze hem wilde pijpen.

'Goh!' zei ik toen ze me dat vertelde. 'Dat was zeker wel het meest liefdevolle wat je ooit hebt gehoord, hè?'

Nou, het was niet helemaal zoals ze het zich had voorgesteld in haar dromen, maar ja, hij was nu eenmaal getrouwd hè, dat wist ze van tevoren. En als hij echt met haar zou 'vrijen' (lees: neuken) zou hij voor zijn gevoel *vreemdgaan*. En een vreemdganger, dát was de leraar niet. Dus moest het maar zo.

'En zoenen jullie nog?' vroeg ik, omdat ik benieuwd was of er toch nog sprake was van zoiets als tederheid of zelfs liefde van zijn kant.

Nee. Ze zoenden niet meer. Want ja, het moest natuurlijk allemaal snel en stiekem, om het gevaar betrapt te worden te minimaliseren.

Ik vond er eerlijk gezegd niets natuurlijks aan.

'Maar doet-ie ook nog wat bij jou, om het voor jou leuk te maken?' vroeg ik om nog een beetje door te zieken.

Ja hoor, dat deed-ie. Nou ja, dat wilde zeggen... hij kneep in haar borsten als zij hem... enzovoort.

'Goh,' zei ik weer. 'Nou, dat lijkt me een heel romantische ervaring voor een maagd van zeventien.'

Daarna waren we een paar weken niet *on speaking terms.*

De 'liefdesrelatie' hield nog een jaar lang stand, en kwam nooit verder dan eens in de twee weken pijpen, als ze bij de leraar en zijn gezin logeerde en op de kinderen paste. Midden in de nacht op de vloer van het halletje, zodat hij goed kon horen of er iemand onverhoopt uit zijn bed kwam.

Na dat jaar kapte ze er godzijdank mee.

Misschien komt het daardoor dat Reva liefde verwart met seks?

Misschien denkt zij dat een man pas echt van je houdt als hij *echt* met je naar bed gaat?

Vanaf de tijd met de leraar, of eigenlijk al tijdens de leraar, biedt mijn aseksuele zus zich aan aan elke willekeurige voorbijganger die er niet al te onhygiënisch uitziet. Ze doet het echt met Jan en alleman.

Niet omdat ze seksverslaafd is, want dat is ze niet. Dat weet ik zeker.

Reva en huisgenoot P hielden een tijdlang een lijst bij van hun veroveringen op seksueel gebied. Zij stond ruimschoots voor, hoewel de lijst van de huisgenoot ook niet onaanzienlijk was. Ruimschoots. Met afstand de beste. Op een avond zat ze te snoeven over haar vermeende voorsprong en merkte P tussen neus en lippen op, dat uiteraard alleen de keren telden mét orgasme. Hij vond dat nogal vanzelfsprekend, maar Reva viel stil, trok wit weg en zei: 'O.'

En daarna: 'Dan moet ik helaas opnieuw beginnen.'

Seks is voor Reva slechts een middel om haar doel te bereiken, nooit een doel op zich.

Een manier om liefde te genereren.

Of haat.

In de nacht na de première van het Waardeloze Toneelstuk, sms'te ze me de verheffende tekst:

Heb het gedaan met een van die radio-tweeling, weet niet meer precies welke. Op de dames-wc van Schiller. Om de DJ te straffen.

'En?' vroeg ik de volgende ochtend. 'Voelde de DJ zich gestraft?'

'Weet ik veel!' snauwde ze. 'Hij was er niet bij hoor, sukkel.'

Ik kreeg eerder de indruk dat ze zichzelf had gestraft op de wc van Schiller met de helft van de radio-tweeling. Zonder condoom uiteraard. Impulsiviteit en voorzichtigheid gaan meestal niet hand in hand.

17.

'Ga niet naar Hilversum!'
  'Wat is er met Hilversum?'
  'Daar heerst kinkhoest.'
  Het is vrijdagnacht. Reva is net terug uit Theater Achterom, waar ze haar soloprogramma *Je kan wel gek worden!* heeft gespeeld.
  Een man in de zaal had haar hele voorstelling 'naar God zitten hoesten'. De avond was totaal mislukt. Ze schaamt zich kapot. Nog steeds.
  'Ik durf de straat niet meer op!' roept ze.
  Ik schiet in de lach. 'Reef, die mensen uit Hilversum nemen heus niet de moeite om jou helemaal tot in Amsterdam te achtervolgen hoor!' zeg ik.
  'Jij weet niet hoe erg het was. Al die mensen haten me.'
  'Waarom? Jij kon er toch niks aan doen?'
  Jawel, dat kon ze wel. De enige juiste conclusie die er uit de catastrofe van vanavond getrokken kan worden, is dat het uiteindelijk aan haarzelf heeft gelegen. En aan haar programma.
  'Mensen hoesten als ze zich vervelen!' zegt ze.
  'Ja. Of als ze kinkhoest hebben,' antwoord ik.

Ik zou eigenlijk willen vragen of ze al is begonnen met die therapie. Ik begin te geloven dat ze er wel eens baat bij zou kunnen hebben. Maar op de een of andere manier durf ik er niet over te beginnen. In plaats daarvan vraag ik:
  'Moet je morgen weer spelen?'
  'Nee, gelukkig niet.'
  Gelukkig niet.
  Gelukkig hoeft ze morgen niet haar droom na te jagen. Niet datgene te doen wat ze geacht wordt het liefste te doen, namelijk: haar eigen, zelfgeschreven soloprogramma spelen.

Voor de zoveelste keer vraag ik me af wat mijn zus in de theaterwereld te zoeken heeft.

Op dagen dat ze moet spelen staat ze onveranderd stijf van de stress. Ze vertelde me laatst dat ze altijd medelijden heeft met haar publiek. Als ze van tevoren door het gordijn gluurt en de mensen ziet binnendruppelen, kan ze alleen maar denken: Jongens, ga toch iets leuks doen met je avond! Na afloop betaalt ze het liefst iedereen zijn kaartje terug. En het gaat nooit goed, als je haar moet geloven. Of in elk geval nooit *goed genoeg*.

'Zou je van beroep willen veranderen als je de kans kreeg?' vraag ik.

Ze snuift haar bekende lachje.

Dat lachje waardoor ze ineens intens verdrietig lijkt.

Eigenlijk is het meer een korte ademstoot.

Ik wil helemaal niks, zegt het. Ik wil helemaal niks en ik geloof nergens meer in.

'Reef?'

Ze huilt. Zonder geluid te maken.

'Ik zou liever van karakter veranderen als ik de kans kreeg,' zegt ze.

'Wat is er mis met jouw karakter?' vraag ik.

Weer dat lachje.

'Alles.'

Alles is mis aan haar karakter.

18.

Tegen het einde van het derde jaar werd Reva gevraagd om de hoofdrol te spelen in een musical voor jongeren. De repetities en een drietal try-outs zouden nog voor de grote vakantie plaatsvinden; meteen na de vakantie zou de tournee van start gaan met optredens op verschillende zomerfestivals en uitmarkten. Omdat er nauwelijks geld beschikbaar was, werd er voornamelijk gewerkt met nog niet afgestudeerde leerlingen van theaterscholen en dansacademies, wat het voordeel met zich meebracht dat de school Reva toestemming verleende om de rol aan te nemen. (Leerlingen mogen niet 'werken' zolang ze op school zitten, stage lopen mogen ze echter wel.)

Het leek mij een leuk project met aardige mensen, maar Reva zelf had haar twijfels. Ze vond het script veel te kinderachtig voor de doelgroep. Het ging over een meisje van een jaar of dertien dat wordt blootgesteld aan de gevaren van seks, drank en drugs, maar door haar alter ego in de vorm van een door een acteur gespeelde teddybeer, op het goede pad wordt gehouden. 'Daar zitten die pubers echt niet op te wachten hoor, op een levende teddybeer,' riep ze steeds.

Dat ze deze keer een hoofdrol had, was aan de ene kant een opstekertje, aan de andere kant gaf het behoorlijk veel stress. Mijn zus is perfectionistisch op het krankzinnige af. Ze realiseerde zich heel goed dat ze tot dan toe vrij onopvallend 'haar hobby had kunnen uitleven', als leerling op school en als figurant in het toneelstuk van de DJ, maar dat het nu menens werd. 'Als ik *faal*, dan stort die hele musical in elkaar,' beweerde ze. Die verantwoordelijkheid deed haar bij voorbaat al bijna de das om.

De ervaringen met de DJ lagen nog vers in haar geheugen en hadden het vertrouwen in haar eigen talent behoorlijk ondermijnd. Of eigenlijk dekt het woord *ondermijnen* de lading niet:

wat ze aan zelfvertrouwen had, was er door de DJ systematisch uitgeramd.

Alles bij elkaar maakte dat ze half overspannen aan het musical-project begon.

Tot overmaat van ramp vond huisgenoot P een eigen kamer in de stad. Hij verliet twee maanden eerder dan was afgesproken hun gezamenlijke, tijdelijke oppaswoning.

En toen woonde ze opeens alleen.

Reva is als de dood om alleen te zijn.

Vooral 's nachts.

Het is dan ook niet zo verbazingwekkend dat mijn zus vanaf dat moment begon met de beruchte telefoontjes. Liefst midden in de nacht. Als ze niet kon slapen.

(Ze kon nooit slapen.)

Ik nam altijd op, omdat ik vermoedde dat er iets meer aan de hand was dan gewoon niet in slaap kunnen komen en een gezellig praatje willen maken.

Dat laatste was duidelijk niet haar bedoeling. Ze belde niet om gesprekken met mij te voeren; ze wilde helemaal niet weten wat ik had meegemaakt of wat ik vond van wat ze me vertelde. Ze hield betogen. Over dingen die ze in de nachtelijke uren zat uit te broe-den.

Ik raadde haar een paar keer aan om haar gedachten op te schrijven, in plaats van mij er midden in de nacht mee lastig te vallen. 'Dan lees ik ze de volgende dag,' beloofde ik, 'meteen 's ochtends voordat ik naar school ga.'

Ik volgde de opleiding *docent beeldende vorming* aan de AHK en ik liep twee dagen per week stage op een middelbare school in Beverwijk. Op die dagen stond ik al om half zeven op.

'En dan blijft het ook bewaard,' vond ik een vrij zinvol argument. 'Ik onthoud het anders toch niet, want ik slaap half.'

Maar daar ging het niet om. Dat ik haar hersenspinsels zou ont-houden, of dat die bewaard zouden blijven voor het nageslacht.

Haar hoofd moest leeg.

Dat was een van de twee voornaamste redenen van de nachte-lijke telefoontjes.

'Mensen die op het toneel staan hebben problemen met intimiteit,' meldde ze me twee nachten na het vertrek van P.

'Ook goeiemorgen,' zei ik, om vooral duidelijk te maken dat ze me wakker belde.

'Nacht. Het is half drie. Mensen die op het toneel staan hebben problemen met intimiteit, zei ik net.'

'Ja, ik hoorde het. Wie beweert dat?'

'Ik.'

'Goh. Ik dacht juist dat jullie allemaal exhibitionisten waren.'

'Het een sluit het ander niet uit.'

Ik zei expres niks, om haar niet aan te moedigen, maar Reva heeft geen aanmoediging nodig als ze haar ideeën uit wil dragen. 'Acteurs laten zogenaamd veel van zichzelf zien,' ging ze verder, 'maar je ziet alleen het deel dat zij wíllen laten zien. Je ziet nooit het geheel. Het zijn controlefreaks. Ze kunnen heel goed liegen en bedriegen, daar zijn ze voor opgeleid. Ze verbergen de dingen waar ze zich voor schamen. Daarom zijn de meeste acteurs niet in staat een duurzame relatie aan te gaan. Ze willen wel gezien worden maar niet ontmaskerd.'

'Reef, wat ben je aan het doen?' vroeg ik, een beetje bezorgd.

'Ik zit mijn leven in kaart te brengen.'

'O. Nou, succes. Ik ga weer slapen, goed?'

Maar dat kon ik wel vergeten. Een half uur later belde ze weer.

'Er bestaan verschillende soorten intimiteit. Lichamelijk, emotioneel en spiritueel. Lichamelijke intimiteit is niet hetzelfde als seks. Als je seks hebt met iemand hoef je je niet per se met hem verbonden te voelen.'

'Nee, jij niet,' antwoordde ik iets te snel.

'Hoezo *ik* niet?' vroeg ze beledigd.

'Nou, ik dacht even aan die ene helft van de radio-tweeling. *Ik weet niet meer precies welke*,' zei ik.

'O. Ga je me dat nou de rest van mijn leven in zitten peperen?'

'Waarom zou ik?'

'Ik dacht zelf aan de DJ.'

'Aha. Heeft hij problemen met intimiteit?' vroeg ik, ongeïnteresseerd gapend.

'Weet ik niet. Ík heb het,' antwoordde ze. 'Ik laat aan niemand zien wie ik werkelijk ben. Niemand mag weten wat ik denk.'

Niemand behalve haar zus, bedoelde ze waarschijnlijk.

Ik bofte maar.

Ik was de enige die mocht weten wat Reva dacht. En wie ze was. Het liefst midden in de nacht als de rest van de wereld sliep. Ik was uitverkoren. (Joepie.)

'Reef, volgens mij moet je lekker gaan slapen, morgen is weer een gewone werkdag, toch?'

Ze gromde. 'Ik kan niet slapen.'

'Nou, dan ga je nog even lezen... Heb je een boek?'

Ja, ze had een boek.

'Wat lees je dan?' vroeg ik, om op een beetje een gezellige manier afscheid te nemen.

'Schopenhauer, *De wereld een hel*.'

Jezus, er zit echt een steekje los aan die meid, schoot het door mijn hoofd. Goeie keuze, Reef! wilde ik zeggen. Word je lekker relaxed van. Maar ik zei het niet. Voor hetzelfde geld probeerde ze me alleen maar uit te dagen.

'Nou, veel plezier dan maar met die graftak.'

'Mar, niet ophangen,' smeekte ze opeens. 'Ik ben bang.'

Ja, dat krijg je ervan als je dat soort boeken leest, dan word je vanzelf bang, had ik kunnen zeggen. In plaats daarvan vroeg ik: 'Waar ben je bang voor?'

En toen volgde er een discussie, die zich na deze nacht nog vele malen zou herhalen en die nooit iets opleverde, wat ik ook probeerde.

Ze was bang dat iemand haar zou komen vermoorden.

En ik had er geen antwoord op.

Ik kon wel zeggen 'Dat gebeurt niet,' maar wie was ik om dat te beweren? Het zou in principe kunnen gebeuren, dat wist Reva net zo goed als ik. Sterker nog: het ís gebeurd een paar jaar geleden bij een nichtje van een nichtje, die ook studente was en op kamers woonde. 'Maar haar voordeur stond open,' voerde ik tijdens een van deze gesprekken aan als argument waarom het Reva zeer waarschijnlijk niet zou overkomen. Alsof dat uitmaakte. Alsof 'ze' niet altijd overal binnen kunnen komen als 'ze' dat willen.

'Maar waarom zouden ze *jou* willen vermoorden?' vroeg ik een paar keer, wat ook nergens op sloeg, want 'ze' wilden ook niet speciaal het nichtje vermoorden, maar zij had de gore pech dat iemand de gezamenlijke voordeur van het studentenhuis open had laten staan en dat er toevallig een seksueel gefrustreerd en geestelijk gestoord onmens langsliep dat zin had om iemand te verkrachten.

Ik weet niet eens of de ramp met het nichtje de werkelijke oorzaak was van Reva's angst om vermoord te worden.

Het zou kunnen.

Maar na ons zoveelste, op dezelfde manier verlopen, gesprek over de vraag waar ze nou precies bang voor was en waarom, zei ze opeens: 'Als ik geen contact heb met de buitenwereld, dan is het alsof ik niet besta.'

Ik begreep niet wat ze bedoelde.

'Als ik helemaal alleen ben, heb ik het gevoel dat ik verdwijn,' legde ze uit.

'Ik snap het nog steeds niet,' zei ik.

Het was een tijdje stil. Ik hoorde geritsel van papier.

'Ik heb het ergens opgeschreven. Ik mail het wel.'

De volgende dag zat het bij de mail. In een keurige bijlage:

Zoals een boek zijn bestaansrecht ontleent aan het feit dat het gelezen wordt, en een theatervoorstelling bestaat bij de gratie van het publiek dat ernaar komt kijken, zo heb ik het gevoel dat ik alleen maar deel uitmaak van de wereld als ik daarvan een getuige heb. Iemand die, als het nodig is, tegen mij kan zeggen: 'Ja hoor, ik heb je gezien, jij bent er ook.'

Ze 'bestond' pas als iemand haar opmerkte.

Dus dat was de tweede belangrijke reden voor de nachtelijke telefoontjes: ik moest haar met mijn aandacht in leven houden.

19.

'Ben je nog steeds bang dat ze je komen vermoorden, als je
's nachts alleen bent?' vraag ik Reva de eerstvolgende keer dat ik
haar spreek. Ze heeft weer een paar dagen bij mijn ouders gelo-
geerd, in mijn ogen niet echt *the place to be*, vandaar mijn vraag.
Ze doet alsof ze me niet hoort.
Ze zit op een krukje in mijn keuken terwijl ik twee boterhammen met pindakaas voor haar maak omdat ze 'honger' heeft.
'Reef?'
'De psych zegt dat het een kwestie is van projectie.'
'Sorry?'
'Dat ik mijn eigen gevoelens projecteer op anderen. Hij zegt:
"Je voelt je niet veilig bij *jezelf*. Maar je brein zoekt een logische
verklaring voor je angst. Dat bedenkt enge mannen die je komen
vermoorden." Volgens de psych ben ik zelf de moordenaar voor
wie ik bang ben.'
Reva is een ster in projecteren weet ik, nu ik de term ken. Ze
zou moeiteloos het wereldkampioenschap kunnen winnen. Regelmatig vraagt ze aan mij of ik boos op haar ben, en als ik dan
zeg van niet, blijft ze net zo lang doordrammen tot ik het vanzelf
word. Na de ruzie blijkt dan altijd dat zij aanvankelijk boos was op
mij. Meestal boos omdat ik geen aandacht voor haar had. Of zoals
zij het zegt: geen *echte* aandacht. (Waar ze vaak gelijk in heeft; ze
voelt als geen ander aan of ik er met mijn hoofd wel 'echt' bij ben.)
Het verheugt me trouwens te horen dat ze een therapeut heeft
gevonden.
'Dus je bent begonnen met je therapie?' vraag ik.
Nee, ze is nog niet begonnen, ze heeft alleen een oriënterend
gesprek gehad met de psychiater over het plan van aanpak.
'En? Hoe gaan jullie het aanpakken?'
Het was nog helemaal niet zo eenvoudig geweest om een goed

plan te maken. De psychiater had het een en ander uitgelegd over eetstoornissen en waar dat zoal mee te maken kan hebben, en daarna aan Reva gevraagd wat ze het liefst wilde: individuele of groepstherapie. Daarbij gaf hij zelf al aan dat groepstherapie zwaarder zou zijn, maar wel sneller resultaat zou opleveren.

Reva had er niet heel lang over na hoeven denken. Ze wilde het liefst géén therapie, maar als ze echt moest kiezen dan koos ze de groeps. 'Want dat lijkt me het allerergst.'

Dat is een van de levensmotto's van mijn zus: WAT IK NIET WIL, ZAL UITEINDELIJK WEL HET BESTE VOOR MIJ ZIJN.

Iets waar de psych het totaal niet mee eens was.

'Je hoeft niet altijd het moeilijkste te kiezen,' vond hij.

Hij stemde pas in met haar keuze nadat Reva had aangegeven 'een grote voorkeur te hebben voor snel resultaat' en dat ze 'echt niet zat te wachten op *gesprekken*'. Waarbij ze het woord 'gesprekken' uitspreekt alsof het een zeer beschamende geslachtsziekte betreft.

Praten kan ze al.

En ze doet het ook vaak, zegt ze. 'Ik praat met iedereen! En ik kan aan iedereen uitleggen waarom ik me gedraag zoals ik me gedraag. Het heeft me alleen nog nooit een moer verder geholpen.'

Daarom wordt het dus de groepstherapie. Waarin 'een hoop confrontaties gaan plaatsvinden,' zoals de psychiater beloofde.

'Ik kan niet wachten,' had Reva gezegd.

Confrontaties. Haar lievelings. Elke maandagavond van zeven tot half elf, en twee keer per kwartaal een heel weekend lang.

'En wanneer ga je beginnen?' vraag ik.

'Komende week,' zegt ze met een grafstem. 'Als ik dan tenminste niet voorgoed ben uitgeweken naar het buitenland.'

Ze heeft er echt zin in.

'Waarom kreeg je eigenlijk geen therapie tijdens je opname in die psychiatrische kliniek?' vraag ik.

Ze wordt niet eens boos. Terwijl ze over het algemeen niet graag herinnerd wordt aan de tijd dat ze psychotisch was.

'Weet ik niet,' zegt ze. 'Vonden ze niet nodig, denk ik. Ik kreeg toch pillen?'

Alsof het een het ander uitsluit.

'Ik dacht dat je daar injecties kreeg,' zeg ik.

Dat klopt ook. De injecties waren een alternatief voor de pillen, als die geweigerd werden door de patiënten. Soms kreeg Reva beide, als ze heel erg 'onrustig' was. (Lees: onhandelbaar.)

'Ik lag daar de godganse dag te *spacen* in mijn bed.'

'Nou, niet alleen maar, hoor,' help ik haar herinneren. 'Je maakte ook veel ruzie.'

'Ik?'

'Ja.'

Ze trekt een gezicht alsof ze me niet gelooft.

'Met wie dan?'

Met mij bijvoorbeeld. Maar dat zeg ik niet.

'Met het verplegend personeel. Je ging regelmatig uit je dak en dan gooide je met dingen. Met borden en bestek bijvoorbeeld en ook een keer met een videocamera.'

Ze weet het niet meer.

Het is me al vaker opgevallen dat ze veel van wat er in de kliniek gebeurde, vergeten is. Of misschien is ze het niet vergeten, maar is het nooit tot haar bewustzijn doorgedrongen.

'Bedoel je volle borden?' vraagt ze.

'Nou, ik weet het niet zeker,' zeg ik, 'maar ik neem aan dat je ze niet eerst netjes leeg at en nog even afwaste voordat je ermee begon te smijten.'

In de kliniek was ze verplicht om op vaste tijden te eten. In de woonkamer, aan tafel en tegelijk met haar medepatiënten. Drie kanjers van redenen om uit je dak te gaan voor mijn zus. (Verplicht eten. Aan tafel. Samen met anderen.)

'Ik was behoorlijk ver heen, hè?' vraagt ze na een tijdje voor zich uit staren boven haar bord. Ze heeft een korst laten liggen, maar de rest van de boterhammen zit al meer dan drie kwartier in haar maag. Ze is niet naar de wc geweest.

'Ja,' antwoord ik.

Ze was behoorlijk *ver heen*, toen, in die kliniek.

Niet van de ene op de andere dag, uiteraard.

Er ging een heel traject aan vooraf.

En ik had nauwelijks iets in de gaten.

20.

Op een dag fietste Reva op haar racefiets van het repetitielokaal in Amsterdam-Noord naar het oppashuis in de Jordaan, waar ze nu dus alleen woonde. Mijn zus fietst altijd keihard, daar heeft ze eigenlijk geen racefiets voor nodig. Alsof ze continu achterna wordt gezeten door een troep uitgehongerde jachtluipaarden.

Op ongeveer tweehonderd meter van het huis kwam er een automobilist achteruit de bocht om. Reva kon niet op tijd remmen, dat wil zeggen, ze remde wel maar stond niet op tijd stil, knalde op de auto, rolde over de kofferbak en kwam op straat terecht. Niet op haar hoofd, gelukkig, maar op haar knieën, wat haar een fikse scheur in de rechtermeniscus op leverde, naar later zou blijken. Maar zo op het oog leek er niet veel aan de hand, behalve dat haar fiets in de prak lag: de auto was over het voorwiel en de voorvork heen gereden en stond daar nu op geparkeerd.

De automobilist stapte uit om de schade te bekijken. Eerst aan zijn auto natuurlijk, waar niets mee aan de hand was, daarna de schade aan mijn zus en haar fiets.

'Hij was heel aardig. Helemaal niet boos of zo,' vertelde Reva mij naderhand verheugd.

'Ja, meisje, ik kon je niet zien...' had hij op meelevende en vaderlijke toon gezegd ('Dus ik ging meteen voor de bijl, dat snap je!' jubelde Reva vrolijk), 'want je hebt geen licht op je fiets...'

'Hoe laat was het dan?' vroeg ik.

'Weet ik veel, een uur of vijf of zo.'

'Was het toen al donker?'

'Nou nee, maar het begon al wel te schemeren en...'

Dus het was maar helemaal de vraag of Reva verplicht was om op die tijd *licht te voeren* op haar fiets, en het was dus ook maar helemaal de vraag wiens schuld de aanrijding was.

'Dan is-ie er goed vanaf gekomen,' onderbrak ik haar hysterische verhaal.

'Hoezo?'

'Je had de politie moeten bellen en er getuigen bij moeten halen. Misschien had die meelevende en vaderlijke vriend van jou dan wel moeten dokken voor je fiets.'

Nou, daar geloofde ze niks van, ze wist echt zeker dat het haar eigen schuld was en ze was heel blij dat die aardige man niet boos was geweest en dat ze geen krassen had gemaakt op zijn nieuwe auto. Hij had het fietswrak onder de achterwielen van zijn auto vandaan gesjord en haar op het hart gedrukt in het vervolg een beetje voorzichtig te zijn. Zo lief! En bij het afscheid had hij Reva een hand gegeven, en toen had zij gezegd, terwijl ze dus de hand van die aardige meneer vasthield (NB!): 'Sorry dat u over mij heen bent gereden.'

Sorry dat u over mij heen bent gereden.

Serieus.

Het was absoluut niet als grap bedoeld, maar nu ze het me zo door de telefoon vertelde, moest ze er keihard om lachen.

'Haha, dat zei ik!'

Ik kon er eerlijk gezegd de lol niet van inzien.

Ik vond het eng.

Het leek wel alsof ze geen onderscheid meer kon maken tussen zichzelf en anderen.

'Mensen die in een grote stad wonen hebben hun natuurlijke aura verkleind,' meldde ze me een paar nachten later.

'...' Ik moest even wakker worden.

'Of ze wensen geen rekening te houden met het jouwe. Ik merk het als ik op de tram sta te wachten. Ze gaan gewoon in je energieveld staan.'

'Pardon?'

'In het energieveld dat je van nature om je heen hebt en waar niemand zomaar in mag stappen, zonder dat heel voorzichtig aan te kondigen.' Ze klonk nogal geïrriteerd.

'Heeft iedereen zo'n veld?' vroeg ik.

'Jij waarschijnlijk niet, want jij woont al jaren in de grote stad en je vindt het er nog leuk ook.'

'Ik hou van de stad,' beaamde ik.

'Ik haat de stad. Ik haat alle mensen in de stad. En ik haat de tram. Vanochtend ging er iemand boven op mij zitten, ik kon letterlijk zijn gedachten verstaan.'

'En? Wat dacht-ie?' vroeg ik.

'O... oninteressante dingen.'

'Wat precies?'

'Niks precies. Gewoon over het weer. Het was kutweer. Hij had een kuthumeur.'

'Maar wat dacht hij letterlijk?'

'Weet ik niet meer!'

'Reef, je hebt gewoon zijn iPod gehoord die te hard stond,' zei ik, zonder acht te slaan op de waanzin van wat ze beweerde. Zonder haar serieus te nemen ook. 'Je kan niet iemands gedachten horen.'

'Haha,' lachte ze geforceerd. 'Maak dat de kat maar wijs. Het was een gevaarlijke, grote Surinamer, hij ging boven op me zitten en hij dacht: *als dat wijf er iets van durft te zeggen dan maak ik haar dood*.'

Over projecties gesproken.

21.

Dat het allemaal een beetje door elkaar begon te lopen in haar hoofd, ontging me niet. Maar ik maakte me er ook niet al te veel zorgen over. Ik weet het aan slaapgebrek en probeerde Reva te overtuigen van het belang van voldoende nachtrust.

Ik had geen idee hoe het met het eetprobleem ging. Erger, ik had nog steeds geen idee dat er überhaupt sprake was van een voortdurend probleem.

Reva had het druk met de repetities voor de jongerenmusical, teksten leren en andere belangrijke dingen, waardoor we elkaar niet veel zagen.

Ze belde echter nog steeds met grote regelmaat. Steeds vaker eigenlijk, en altijd 's nachts. Vincent klaagde er nooit over, hoewel hij er ongetwijfeld last van had. Ik bewaarde mijn telefoon onder mijn hoofdkussen om het geluid te dimmen en zodra Reva belde, ging ik naar de keuken om hem niet te storen, maar toch werd hij meestal wakker.

'Als je wilt weten hoe iemand is, dan moet je niet luisteren naar wat hij zegt, maar je moet kijken naar wat hij doet,' wilde ze me op een nacht dringend laten weten.

'Die ken ik al.' Ik gaapte. Reva deed alsof ze het niet hoorde, ze ging gewoon door met haar monoloog.

'Mensen gebruiken woorden om je om de tuin te leiden. Om je op een afstand te houden. Ze voeren zogenaamd een gesprek met je, maar ze weren je af.'

'Goh.'

'Ik hoor heel vaak alleen maar de toon en de uitspraak van iemands woorden. Ik vergeet naar de betekenis te luisteren. En toch kom ik op die manier een heleboel te weten.'

'Maar je kijkt altijd televisie met het geluid uit,' riep ik verbaasd.

'Ja, daarom.'

'Wáárom?'

'Dan hoef ik niet naar dat gelul te luisteren.'

Er was niet altijd sprake van logica in haar redeneringen.

'Als ik een palindroom zie op de wekker, moet ik blijven kijken tot het voorbij is zonder te knipperen,' meldde ze me een kwartier later.

'Nou en?'

'Ik krijg er pijn van in mijn ogen.'

'Hou er dan mee op.'

Ze slaakte een minachtende zucht. Alsof er sprake kon zijn van zomaar ophouden met dingen waar je leven van afhangt. En alsof ik dat niet wist. Ze had het me vaak genoeg uitgelegd.

'En wat voor palindroom zie je nu?' vroeg ik, om het gesprek in de richting van de broodnodige nachtrust te sturen.

'Twee drie twee. Als ik de dubbele punt wegdenk. Waarom praat je zo hard?'

Ik praatte helemaal niet hard. Ik praatte zo zacht mogelijk, want ik had geen zin om het bed uit te gaan.

'Alles is zo hard de laatste tijd. Iedereen zit maar tegen me te schreeuwen,' klaagde ze.

De enige die schreeuwde was Reva zelf.

'Hij doet het ook met E!' brulde ze de volgende nacht paniekerig in mijn oor.

'Wacht effe, Reef... Wie is *hij* en wie is *E*?'

'E zit in het tweede jaar. Ik sprak haar in de Smoeshaan. Ze zag er niet uit, je weet wel, model afgetrainde reiger. Ik kon het niet laten om te vragen wat er gebeurd was. En je raadt het nooit...'

Ik raadde het meteen. 'Misbruikt en gehersenspoeld door de DJ.'

'Huh?'

'Toch?'

'Nou, ik wilde eigenlijk...'

Ik wist precies wat ze wilde.

'Je wilde eigenlijk bij mij uithuilen omdat jouw geliefde DJ een ander neukt,' onderbrak ik haar ruw.

Ja, dat was wel haar plan, zo te horen aan de verbouwereerde stilte aan de andere kant van de lijn. Maar dan was ze midden in de nacht bij mij aan het verkeerde adres.

'Natuurlijk doet hij het ook met E,' riep ik woedend. 'Wat had je dan verwacht? Hij doet het met iedereen. Je denkt toch niet dat een narcist als de DJ genoegen neemt met één enkele aanbidder?'

Zonder iets te zeggen, hing ze op. Zat blijkbaar niet te wachten op mijn visie.

Na een uur belde ze opnieuw.

'Ik heb nagedacht,' zei ze. 'Je hebt gelijk. Wat de DJ betreft. Hij doet het waarschijnlijk met iedereen. Maar het gaat hem niet om de seks!'

'Het kan me geen moer schelen waar het hem om gaat. Elke gedachte die ik aan die minkukel besteed is er een te veel. Welterusten.'

'Het is namelijk maar drie keer gebeurd, en wat er gebeurde, was van een bedroevend niveau.'

'Ho!' Ik viel even stil. Dit is het soort informatie dat ik graag hoor, als het over verschrikkelijke personen gaat. 'Details graag,' beval ik.

'O. Dus nu is het je opeens niet meer *te veel* om gedachten aan de minkukel te wijden,' zei ze beledigd. 'Als het op smerige details aankomt, gooi je gewoon al je principes overboord.'

'Reef, ik lig al een uur wakker sinds je vorige telefoontje, dus vertel op. Ik heb ook rechten.'

Na wat gemopper voor de vorm vertelde ze verder. Ze wilde maar al te graag haar verhaal kwijt.

'Het was van die flits-seks, je kent het wel. Je knippert een keer met je ogen en het is alweer voorbij. Dat je achteraf denkt: ik zal het me wel verbeeld hebben.'

Ik kende het helemaal niet. Maar ik begon me er iets bij voor te stellen.

'Dus hij bakte er helemaal niks van?' vroeg ik om het plaatje voor mezelf nog helderder te krijgen.

'Nou ja, het kan ook aan mij gelegen hebben, maar E zegt hetzelfde.'

'Bij haar bakte hij er ook helemaal niks van,' concludeerde ik. Het kon me niet duidelijk genoeg gezegd zijn.

'Hij doet het om zichzelf te testen, denk ik,' sprak ze toen op plechtige toon. Alsof ze een groot mysterie had ontrafeld.

Ik dacht dat ik haar niet goed verstond. 'Wat doet-ie om zichzelf te testen?'

'Leerlingen versieren,' zei ze triomfantelijk. 'Het is voor hem een oefening zo dicht mogelijk bij het vuur komen zonder zijn vingers te branden. Hij laaft zich aan onze verliefdheid, maar is als de dood om het zelf te worden.'

Het was midden in de nacht, ik wilde slapen en een einde maken aan het gesprek. Én een einde aan alle romantische speculaties over de DJ *ever*, als dat mogelijk was.

'Reva, lieve schat, luister goed, want ik ga dit maar één keer zeggen...' Ik haalde diep adem om zo beheerst en zo duidelijk mogelijk mijn slotpleidooi tegen de DJ te houden. 'Je vergist je. De DJ is niet bang om verliefd te worden, want hij is al zijn hele leven verliefd. Op zichzelf. Het versieren van jonge, onzekere, liefst mooie maar vooral begaafde meiden heeft helemaal niks met liefde of verliefdheid te maken. Het gaat over macht. Het gaat de DJ erom zo veel mogelijk talentvolle meisjes in zijn macht te hebben, omdat hij zelf nergens talent voor heeft. Hij is een perverse, gestoorde en zeer gevaarlijke gek. Welterusten.'

Ik dacht dat het tijd werd om mijn zus uit de droom te helpen.

22.

Maar misschien was ik iets te voortvarend.

Soms zijn mensen te kwetsbaar om de realiteit te verdragen.

Of, zonder dat je er erg in had, ineens te kwetsbaar geworden.

'Denk je dat de DJ op mijn begrafenis komt?' vroeg ze me, weer een nacht later.

Haar begrafenis is een regelmatig terugkerend gespreksonderwerp tussen Reva en mij, dus ik keek niet op van de vraag.

'Dat hangt ervan af hoe beroemd je bent tegen die tijd,' antwoordde ik. 'Als dat beroemd genoeg is, gaat-ie waarschijnlijk een speech houden. En hij zet een rouwadvertentie in *de Volkskrant* en het NRC met zijn naam eronder, vetgedrukt.'

'Maar als ik *nu* dood zou gaan?'

'Komt-ie niet. Zonde van zijn tijd.'

Ze reageerde niet.

'Reef, wat zit je te doen? Ben je uitnodigingen aan het versturen of zo?' Ik deed er zoals altijd nogal luchtig over. Achteraf gezien was dit niet de eerste keer dat ik op een botte manier voorbijging aan wat ze me eigenlijk wilde vertellen.

'Hmm...'

'Hoe gaat het met de repetities?' vroeg ik.

'Kut!'

'Waarom?'

'Het gaat allemaal zo langzaam.'

Het viel me nu pas op hoe vermoeid ze klonk. 'Wat gaat langzaam?'

Het ging langzaam in haar hoofd. Ze kon niet meer goed nadenken en geen beslissingen nemen. Het duurde uren voordat ze 's ochtends had besloten wat ze aan moest trekken, en of ze haar haren wel of niet zou wassen. Het leek wel alsof er dikke stroop door haar aderen kroop in plaats van bloed.

Ik zei haar wat ik altijd zei. Dat ze te weinig sliep en dat iemand die niet slaapt niet kan functioneren.

'Ik kán niet slapen,' schreeuwde ze. Het klonk vrij wanhopig.

Ik herhaalde wederom wat ik haar al zo vaak had geadviseerd. Dat ze om slaappillen moest vragen bij de huisarts. Maar Reva is niet van de pillen. Ook niet van de drank trouwens.

'En Schopenhauer? Kan die je niet helpen?' vroeg ik om iets anders te proberen. 'Die is slaapverwekkend genoeg, als je het mij vraagt.'

'Ja, je kan er cynisch over doen,' antwoordde ze geïrriteerd. 'Maar die man heeft heel belangrijke dingen gezegd en opgeschreven. Dingen die mij inderdaad *helpen*. Dat is jou nog nooit gelukt.'

Ik schoot bijna in de lach vanwege die laatste sneer.

'Vertel me één ding dat je heeft geholpen,' vroeg ik.

'Nee. Jij kraakt toch alles af.'

'Eén ding. Ik ben echt benieuwd,' zei ik. Ik meende het. Ik wilde graag weten wat mijn zus in de pessimistische filosoof herkende. En hoe hij haar *hielp*. Ze had me wel eens uitgelegd dat het haar rustig maakte iemand te lezen die haar voor de verandering eens *niet* iets op de mouw spelde. Die haar *niet* voorloog over hoe het leven is. Of zou kunnen zijn. Of zou moeten zijn. ('Alleen die titel al. *De wereld een hel*! Dan weet je meteen: bij die man zit ik goed.')

Ze moest lang zuchten. Maar uiteindelijk gaf ze toe.

'Ons grootste lijden wordt veroorzaakt door onze verwachtingen,' citeerde ze uit haar hoofd. 'Wij denken dat het leven ons geluk moet brengen. Maar het leven heeft ons niets te bieden. Als je niks verwacht, raak je ook niet teleurgesteld.'

Het deed me denken aan een zin uit een van haar etudes:

Als je geen vrienden hebt, word je ook niet door hen in de steek gelaten.

Het leven heeft ons niets te bieden.

Het kwam nogal cynisch op mij over, uit de mond van iemand die nog maar nauwelijks aan dat leven was begonnen.

23.

Een paar dagen later werd ik op school gebeld door de productie-assistente van de musical. Of ik mijn zus kon komen halen, want het ging niet meer.

Ze bleek al twee weken lang de repetities op te houden met eindeloze discussies over de interpretatie van haar eigen rol en die van de anderen; ingewikkelde interpretaties waar meestal geen touw aan vast te knopen was, en die voornamelijk als doel leken te hebben: uitstel van executie. Vooral niet 'de vloer op' te hoeven en zich bloot te moeten geven.

Ik kwam de repetitieruimte binnen en de eerste gedachte die door mijn hoofd schoot was: waarom heb ik dit niet zien aankomen?

Ze zat op een stoel met wijd opengesperde ogen en een vreemde monotone stem op de regisseur in te praten, die af en toe een vergeefse poging deed haar te onderbreken. De rest van de cast hing lusteloos rond in het lokaal met een kopje koffie; murw en sufgeluld.

Ik moest denken aan de film *Awakenings*, naar een boek van Oliver Sacks over mensen met een slaapziekte. Er was een opvallende gelijkenis tussen mijn zus en de menselijke standbeelden uit die film. Want hoewel Reva aan één stuk doorratelde, zag ze eruit alsof ze was vastgelopen in een niet te stuiten maalstroom van gedachten. Ik dacht: nog even, en dan is er kortsluiting in haar hoofd en dan doet ze het niet meer. Dan verkrampt ze in haar angst.

En ik herinnerde me haar telefoontje van een paar dagen geleden. '*Als je wilt weten hoe iemand is, dan moet je niet luisteren naar wat hij zegt, maar je moet kijken naar wat hij doet.*'

Ik keek naar Reva.

Ze deed niets, behalve iedereen op een afstand houden.

Ik durfde niet naar haar toe te lopen, of mijn aanwezigheid kenbaar te maken. Ik was ervan overtuigd dat ze zodra ik haar aanraakte of aansprak, als een kaartenhuis in elkaar zou donderen.

Terwijl ik stond te aarzelen wat ik moest doen, liep de productie-assistente weg om op mijn verzoek een dokter te bellen. Achter haar sloeg de deur van het lokaal met een knal dicht. Daardoor keek Reva mijn kant op. Zodra ze mij zag, begon ze over haar hele lichaam te trillen. Ze hief haar arm op alsof ze mij wilde tegenhouden en keek me aan met een blik in haar ogen die me koude rillingen bezorgde. Woedend en bang tegelijkertijd. Als een dier dat zich in het nauw gedreven voelt en zich schrap zet om aan te vallen. *Haal het niet in je hoofd!* las ik in die blik. *Waag het niet om dichterbij te komen!*

Ik bleef staan waar ik stond, en zei zo rustig mogelijk: 'Reef, ik kom je ophalen, want het gaat niet goed met je.'

Het was alsof ik het startschot had gegeven voor een wedstrijd freefight. Reva barstte uit in gekrijs, greep haar stoel en begon daarmee in het wilde weg om zich heen te maaien. Er vloog van alles door het lokaal, koffie, vellen papier, een tas, een glazen waterkan, en er sneuvelde een ruit. Een paar van haar mannelijke collega's probeerden haar te overmeesteren en liepen, afgaande op de kreten die ik vanaf de gang opving, rake klappen op.

Ik was inmiddels weggelopen.

Kon het niet aanzien.

Alles bij elkaar duurde het misschien twintig minuten voor er een arts arriveerde en vrij snel daarna ook de crisisdienst en een ambulance, maar het leek een eeuwigheid. Reva werd platgespoten, in een deken van aluminiumfolie gewikkeld en vastgesnoerd op een brancard.

Ik ving een glimp van haar op toen ze haar door de gang naar de ambulance reden.

Mijn zus, een soort lijk.

Ik voelde me een verschrikkelijke verrader.

24.

'Die therapie die ik volg...'

Ik hoor een tijdje niks meer, alleen een paar heel diepe zuchten.

'Ja...?'

'Die is VER-SCHRIK-KE-LIJK.'

'Wat dan?'

'Ik heb de moed niet om het te vertellen.'

Ik ben echt nieuwsgierig naar Reva's therapie, maar ik begrijp ook wel dat zoiets nogal privé is, en dat ze liever voor zichzelf houdt wat daar gebeurt.

'Nou, dan niet,' zeg ik vrolijk. 'Welterusten!'

Werkt altijd als een trein.

Vroeger al toen ze nog heel klein was, was het bij ons thuis verboden om het W-woord uit te spreken. Ook al kon ze zelf nog niet praten, zodra iemand per ongeluk *welterusten* zei, wist Reva dat er van haar verwacht werd dat ze ging slapen, en dan kwam ze honderd keer haar bed uit. Mijn moeder moest altijd doen alsof we helemaal niet gingen slapen. Nadat ze ons had voorgelezen, deed ze niet eens het licht uit. Dan ging Reva boekjes kijken of in haar kleurboek kleuren en meestal viel ze dan na een half uur vanzelf in slaap. Met een kleurpotlood achter in haar keel (mijn moeders grootste angst).

'Nee, wacht!' roept ze. 'Ik wil het wel vertellen, maar je moet beloven dat je niet gaat lachen.'

Ik beloof het. Kan me überhaupt niet voorstellen dat het grappig is wat ze te vertellen heeft.

Ik krijg gelijk.

Grappig is het allerminst.

De therapie die ze volgt, heet 'bondingtherapie', en is gebaseerd op de overtuiging dat een volwassen mens zelf in al zijn behoeftes kan voorzien, behalve in de behoefte aan lichamelijk contact. Daar heb je een ander voor nodig. Vandaar het 'bonden' (vasthouden; omarmen): lichamelijke nabijheid van een ander roept meteen sterke emoties op, of herinneringen aan emoties uit het verleden. Variërend van woede, angst en verdriet tot blijdschap, en alles wat daartussenin zit.

Concreet komt het hierop neer: tijdens een 'sessie' van anderhalf uur wordt er gewerkt in paren. Degene die 'werkt' ligt op zijn rug op een mat en de partner gaat er als een soort teddybeer bovenop liggen. Armen om elkaar heen. Dat wil zeggen, in het meest ideale geval. Het hoeft niet. Niks hoeft. Je mag ook rechtop zitten of staan. Of met je rug tegen de rug van de ander zitten. Het enige wat verplicht is in de therapiegroep, is aanwezig zijn. Altijd. Ook als je ziek bent. Anders raakt de rest van de groep in de stress.

Reva mocht, omdat ze voor het eerst was, zelf haar partner kiezen. Ze had een vrouw van tegen de veertig gekozen met een vriendelijk gezicht 'waar zo op het oog niks mee aan de hand leek te zijn.'

'O, dus je koos niet meteen voor een serieverkrachter?' vraag ik voor de gein.

'Nee,' zegt ze bloedserieus. 'Ik dacht, ik begin een beetje rustig aan.'

'En wat betekent "werken" in dit geval?'

'Ja. Hmm... Je gaat niks lulligs zeggen, hè?!'

'Erewoord.'

'Schreeuwen. Het is ook een soort schreeuwtherapie.'

Vandaar die schorre stem. Ik dacht dat ze verkouden was. Geen flauwe grap maken nu. Dat ze blijkbaar behoorlijk *hard* gewerkt heeft of zo.

'En eh... wat schreeuw je dan?'

'Wat je maar wil.'

'Is het niet raar om te doen?' vraag ik.

Het was heel raar. Gênant ook. Vooral in het begin. Gelukkig was de partner heel erg aardig geweest en behulpzaam. Ze adviseerde Reva om gewoon te beginnen met geluid te maken. Op een A-klank of zo.

'Maar omdat het doodeng is om daar op je rug te liggen met een vreemde boven op je, schreeuw je binnen de kortste keren de longen uit je lijf.'

'En, sorry dat ik het vraag hoor, maar eh... doet het niet een beetje aan seks denken als je daar zo op je rug ligt?' vraag ik.

Het deed haar in de verste verte niet aan seks denken. 'Want om je heen hoor je iedereen brullen en janken en tot overmaat van ramp gaat er ook nog wel eens iemand over zijn nek.'

'Hè???' schrik ik.

'Ja. Gewoon in het openbaar.'

Dat was voor mijn zus ongeveer het ergste van de hele therapie-avond.

'Mensen schijnen te kotsen uit woede,' vertelt ze. 'Of als ze letterlijk iets *onverteerbaars* moeten verwerken. Dat is wat de psychiater zegt. Die staat er gewoon bij en dan roept-ie: "Goed zo, gooi het er maar uit!" Er staan ook overal emmers. Gadver-damme!'

Dus ze heeft behoorlijk de tijd genomen om om zich heen te kijken naar wat de anderen uitspookten, tijdens haar 'werk'.

'En wat levert het op, dat geschreeuw?' vraag ik.

Dat weet ze niet. Tot nu toe niet veel. Behalve dat ze nu dood-moe is en denkt dat ze straks tegen haar gewoonte in, meteen in slaap zal vallen. Maar dat gevoel zou ze ook hebben als ze twintig kilometer had hardgelopen. (Dat doet ze alleen nooit, helaas.)

'Het is geloof ik de bedoeling dat er allerlei herinneringen om-hoogkomen, of beelden uit het verleden, en dat je uiteindelijk je eigen gedrag gaat begrijpen en daardoor misschien ooit kunt ver-anderen...'

Misschien ooit. Er spreekt niet heel veel hoop uit.

'En wat voor beelden kwamen er bij jou omhoog?' vraag ik.

'Geen.'

Het enige wat bij Reva omhoogkwam, was walging.

'Maar denk maar niet dat ik OOIT in zo'n emmer ga kotsen,' roept ze.

Dat denk ik helemaal niet.

Ik denk dat mijn zus heel goed in staat is om naar de wc te lo-pen en daar onopgemerkt door de buitenwereld in haar eentje al haar woede en walging uit te kotsen.

25.

Het is op zijn zachtst gezegd een beetje vreemd dat er in de psychiatrische kliniek waar Reva werd opgenomen nooit aandacht is besteed aan haar 'eetstoornis' en waarom er toen niet meteen een forse therapie op haar werd losgelaten. De reden is waarschijnlijk dat ze die stoornis tot voor kort voor iedereen verborgen heeft weten te houden.

Omdat er voor haar geen plek was in Amsterdam, belandde Reva in een instelling in Vogelenzang.

Ik was niet met haar meegegaan in de ambulance; dat was me ontraden door de ambulancebroeders. Ze zou nog urenlang onder zeil blijven en na aankomst in de kliniek wellicht in de separeer worden gedumpt ter observatie. 'Jij hebt er niks aan, en zij ook niet.'

Ik ging naar huis, waar ik de rest van de dag tevergeefs probeerde het beeld van mijn zus, bewusteloos op de brancard, uit mijn hoofd te krijgen.

De volgende dag mochten mijn moeder en ik langskomen voor een gesprek met de psychiater.

Hij heette Bert, en hij had het uiterlijk en de manieren van een gorilla. Dat iemand als Bert psychiater heeft kunnen worden, is voor mij nog steeds een interessant fenomeen. Blijkbaar werden er in zijn tijd geen eisen gesteld aan studenten psychiatrie wat betreft communicatieve vaardigheden en empathisch vermogen.

Ik zat me net af te vragen waarom juist deze arts werd losgelaten op de nieuwkomers, toen mijn zus, die helaas zelf ook bij het gesprek aanwezig was, het hardop zei. 'Kunnen we dit gesprek niet voeren met een normaal persoon?'

'Wat bedoel je, Reef?' vroeg mijn moeder geschrokken, terwijl ik van de zenuwen in de lach schoot.

'Gewoon. Dat ik helemaal geen zin heb om met die hell's angel over mijn leven te praten.'

Als mijn zus al medicijnen kreeg, dan waren ze nog niet merkbaar aangeslagen. Elke gedachte die in haar hoofd opkwam, werd luid en duidelijk naar buiten gebracht en zo nodig een paar keer herhaald. ('Het kan hem niks schelen hoor, hoe het met mij gaat. Moet je zien, hij zit gewoon te gapen! Ik ga echt niet aan een ongeïnteresseerde boerenkinkel vertellen hoe ik mij voel.' En: 'Mam! Geen antwoord geven! Iemand met de kop van een seriemoordenaar kan je niet vertrouwen.')

Bert had ondertussen nergens last van. Hij bleef stoïcijns en dwars door de tirade van Reva heen vragen aan ons stellen over haar ziektegeschiedenis, haar medicijn- en eventuele druggebruik.

'Hé, lamlul! Het gaat over mij, toch? Kijk me dan eens aan, klootzak!' riep ze een paar keer.

Uiteindelijk werd ze afgevoerd door twee 'bodyguards', zoals ze de verpleegkundigen noemde, naar de separeer. Niet vanwege haar verbale agressie, 'want daar kunnen psychiaters wel tegen', maar omdat ze hem uiteindelijk in zijn gezicht spuugde en dingen naar zijn hoofd ging gooien. Dingen die op zijn bureau stonden, zoals fotolijstjes en een vrij zware presse-papier (te horen aan de knal die het gaf toen hij op de grond belandde).

Mijn moeder zei tegen Bert: 'Ik ben het er helemaal niet mee eens dat jullie haar isoleren. Volgens mij doet het meer kwaad dan goed. Ik heb haar nog nooit zo agressief gezien.'

Daar kon Bert alleen maar schamper om lachen.

In de bus naar huis zei mijn moeder, die ik nog nooit op enige vorm van agressiviteit heb kunnen betrappen: 'Ik had hem zelf wel in zijn gezicht willen spugen.'

Bert hoefde geen ingewikkelde juridische capriolen uit te halen om Reva op te sluiten, waarmee ik bedoel dat hij niet via de burgemeester een inbewaringstelling hoefde te regelen, want Reva stemde tot onze verbazing zelf toe in een opname.

We zaten erbij toen Bert haar vroeg of ze opgenomen wilde worden. De eerste keer gilde ze als antwoord: 'Niet door jou, droplul!' Maar toen hij zijn vraag twee keer herhaalde en eraan toevoegde: 'Of denk je dat je in staat bent terug te gaan naar Amsterdam en *alleen* te wonen?' antwoordde ze de tweede keer: 'Weet ik veel...' en de derde keer gromde ze alleen nog maar. Wat Bert, naar later zou blijken terecht, opvatte als: 'Ja, ik wil hier blijven.'

De volgende dag had ze een contract ondertekend, waarin ze verklaarde in te stemmen met de opname en het behandelplan en waarin ze beloofde geen suïcide te plegen.

Bert oordeelde dat Reva aan een reactieve psychose leed, veroorzaakt door zelfverwaarlozing (niet slapen en niet, of ongezond, eten) in combinatie met keiharde stress.

Zijn behandelplan was: haar volstoppen met antipsychotica en haar daarna, nadat de medicijnen hun wonderbaarlijke werk zouden hebben gedaan, weer op de wereld los te laten.

'En die stress?' heeft mijn moeder nog gevraagd. 'Wat gaan jullie daaraan doen?'

Daar gingen ze in Vogelenzang helemaal niks aan doen.

Dat was hun taak niet.

26.

'Ik zit in het verkeerde lichaam.'

'Jezus Reef, wat nou weer?'

We hebben ongeveer alles gehad, krijgen we nu ook nog de genderdysforie?

Maar het valt mee.

Ze had in het lichaam van een beeldschoon, langbenig fotomodel moeten zitten. Vindt ze zelf. 'Jorinde zegt het ook.'

'Wie is Jorinde?'

'Mijn vriendin van de therapie.'

'Met wie je die eerste keer hebt "gewerkt"?' vraag ik.

'Ja, de eerste keer én de tweede keer. Maar volgende week mag het niet meer, want je mag niet vaker dan twee keer achter elkaar met dezelfde persoon. Jorinde zegt: "Je bent beeldschoon van binnen".'

'Nou, kijk eens aan. Dat heeft ze snel gezien.' Het klinkt onaardiger dan ik bedoel en Reva hangt zonder iets te zeggen op.

'Ben je soms kwaad dat ik een tijd niks van me heb laten horen?' vraagt ze als ik haar terugbel.

'Nee, helemaal niet. Ik dacht: het zal wel goed gaan.'

'Dat was ook zo.'

'Mooi. Maar nu ik je toch spreek, heb ik wel een vraag.'

'Eerst beloven dat je nooit meer iets onaardigs zegt over mijn vrienden van de therapie.'

Ik beloof het. En stel daarna mijn vraag.

'Waarom stemde je destijds eigenlijk in met een opname bij die verschrikkelijke Bert?'

'Waarom wil je dat weten?' vraagt ze achterdochtig. 'Wat zit je te doen?'

'Niks. Ik zag laatst een documentaire op de tv over gedwongen opnames in de psychiatrie,' lieg ik. 'Toen vroeg ik het me gewoon af.'

'Hoe heette die documentaire?'

Godsamme. Die zus van mij is echt bloedfanatiek. Als je iets voor haar achterhoudt, denkt ze meteen dat je een of ander complot tegen haar aan het beramen bent.

'Weet ik niet meer. Ik zoek het wel voor je op. Krijg ik nog antwoord?'

'Hmm...' Niet van harte, laat ze me duidelijk merken. Maar ze vermant zich.

'Het klinkt misschien een beetje onlogisch, maar in de weken voorafgaande aan die opname was ik de hele tijd bang dat ik gek zou worden...'

'Eh... je *was* al een beetje gek geworden volgens mij,' onderbreek ik haar.

'Ja, misschien...' beaamt ze. 'Maar ik moest al mijn energie gebruiken om de echte waanzin tegen te houden. Om onderscheid te kunnen maken tussen de werkelijkheid en mijn gedachten. Ik was de hele tijd bang. Ook voor mijn collega's. Ik dacht dat iedereen me haatte. Wat ook logisch was in mijn ogen want ik zei steeds de verkeerde dingen. En dan ging ik me daar eindeloos voor excuseren. En daarna ging ik me weer excuseren voor het feit dat ik zoveel tijd nodig had voor mijn excuses. Ik maalde maar door.'

Dat weet ik nog. Ik herinner me dat soort telefoontjes. Ze had veel kritiek op het script van de musical en op de regie. Maar zodra ze die kritiek uitte, werd ze overvallen door angst en schuldgevoel. Had ze wel het recht om zo kritisch te zijn? En had ze haar bezwaren wel genuanceerd onder woorden gebracht? Was het niet respectloos tegenover de makers? En ga zo nog maar een tijdje door.

'Maar toen ik eenmaal in Vogelenzang zat, bij die vreselijke Bert, kon ik het gewoon laten gaan,' gaat ze verder. 'Toen hoefde ik niet meer zo verschrikkelijk mijn best te doen. Ik hoefde me niet meer perfect te gedragen, niet meer op mijn woorden te letten. Ik hoefde niets.'

'En dat vond je fijn, niets hoeven.'

'Eh... ja. Dat vind ik nog steeds fijn. Als er niks van me wordt verwacht.'

Als er niks van je wordt verwacht, kan je ook niemand teleurstellen. De wereld volgens Reva. Ik raak er inmiddels een beetje in thuis.

Vogelenzang was in feite een soort niemandsland, en de vrijwillige opname één grote ontsnappingspoging aan de musical, de regisseur, collega's en recensenten. Aan het echte leven, kortom.

'Nou, bedankt,' zeg ik zo vrolijk mogelijk. 'En Jorinde heeft gelijk. Je bent óók mooi van binnen.'

27.

Het was duidelijk te merken dat Reva in Vogelenzang geen moeite meer deed om zich 'perfect te gedragen'. De tegenstelling met het gedrag dat we van haar gewend waren, had niet groter kunnen zijn.

Mijn zus die altijd bang was om voor zichzelf op te komen omdat ze daarmee de kans liep anderen voor het hoofd te stoten en daardoor vijanden te maken, veranderde in korte tijd in een egoïstisch monster.

Ik werd tijdens de zes weken die de opname duurde, regelmatig door haar ontboden, en dat vervulde me aanvankelijk met trots. Blijkbaar had ze mij nodig. Mij. Niet haar ouders; hun had ze verboden om op bezoek te komen, en ook niet haar broers, maar mij, Marjolijn, de belangrijkste zus ter wereld.

Ik zegde er zelfs mijn vakantie voor af. Ik zou met Vincent twee weken gaan fietsen in Zuid-Engeland, maar dat kon uiteraard niet doorgaan. Vincent begreep zoals altijd alles en steunde me waar hij maar kon.

Zodra Reva belde, liet ik alles uit mijn handen vallen. Ik sprong op de fiets, racete naar het Centraal Station, om vandaar met de trein en de bus naar Vogelenzang te reizen, waar ik dik een uur over deed. In de trein belde ik mijn afspraken af, of vroeg Vincent dat voor me te doen omdat ik het meestal niet kon opbrengen om met iemand anders dan met hem of Reva te moeten praten. Ik was totaal *obsessed*.

Eenmaal bij mijn zus aangekomen, was het maar helemaal de vraag hoe ze mij zou ontvangen. De ene keer was ze dolblij om me te zien, gingen we koffiedrinken in de recreatieruimte, hadden we zelfs een gesprek en liet ze me bij het afscheid bijna niet los; de andere keer was haar humeur nadat ze me had opgeroepen opeens omgeslagen. Dan was ze 'somber', en kwam er verder geen woord meer uit. Ik vermoedde in zo'n geval dat ze gewoon boos was omdat ik te lang over de reis had gedaan, en dat ze me strafte door niks tegen me te zeggen.

Soms liet ze me expres heel lang wachten, of ze zat in bad en dan mocht ik een half uur op een krukje naast haar zitten en kijken hoe ze haar haren waste.

Ook kwam het een paar keer voor dat ze vijf minuten nadat ik gearriveerd was tegen me zei: 'Ik ben moe. Je kan beter weggaan.'

Het duurde een paar weken eer ik begreep dat ze me testte.

Ze wilde weten hoe ver ze kon gaan voor ik haar liet vallen. Ik was haar proefkonijn.

Niks 'belangrijkste'.

De ongevaarlijkste.

Of de slapste.

In elk geval degene die geen grenzen stelde.

Toen ik dat eenmaal doorhad, ging ik bij mezelf te rade. Ik besefte dat het tijd werd om afstand te nemen, maar ik wist niet goed hoe.

Op advies van Vincent maakte ik een afspraak met de studentenbegeleidster die aan mijn school verbonden was, een bijzondere vrouw die me al vaker had geholpen.

Zij vroeg mij waarom ik het nodig had al mijn energie te steken in het welzijn van mijn zus.

Ik vond het een idiote vraag. En haar woordkeus beviel me helemaal niet.

Nodig hebben.

Alsof ik het voor mezelf deed.

En alsof ik ook kon kiezen om het *niet* te doen.

Ik schreef Reva een brief die ik nooit verstuurde, een soort afscheidsbrief. Eerlijk gezegd was het een gedicht. Een behoorlijk slecht gedicht dat ik nooit aan iemand liet lezen, zelfs niet aan de studentenbegeleidster, terwijl zij degene was die erop had aangedrongen.

Ik deed heel erg lang over dat gedicht. Maar mede daardoor werkte het waarschijnlijk zoals de begeleidster bedoeld had. Het schrijven hielp me om me voorzichtig los te maken van mijn zus.

Het bizarre was alleen dat zíj er niets van merkte.

Terwijl ik mezelf geweld aan moest doen om trouw te blijven aan mijn besluit niet meer steeds op afroep beschikbaar te zijn, en niet meer op elk verzoek van Reva in te gaan, bleken mijn (overigens nog steeds vrij zeldzame) weigeringen voor haar heel acceptabel.

Als ze mij belde met een zielig verhaal dat ze zo alleen was en of ik zo snel mogelijk kon komen, en ik badend in het zweet loog dat dat niet kon, hing ze zonder te groeten huilend op. Maar als ik dan vijf minuten later de verpleging belde om te checken hoe het met haar ging, had ze allang iets anders geregeld en was ze mij totaal vergeten.

Helemaal niet dat haar wereld dan verging of zo.

Toen Reva aan de beterende hand was en het einde van de opname in zicht kwam, durfde ik zelfs een paar dagen te gaan fietsen met Vincent.

(In Nederland.)

(En nooit verder bij Vogelenzang uit de buurt dan een uur met de taxi.)

(Voor het geval dat.)

28.

'Voelde je je in de steek gelaten door mij, tijdens die periode in Vogelenzang?' vraag ik.

Ik heb voor de verandering maar eens zelf het initiatief genomen om contact op te nemen. Sinds Reva de groepstherapie volgt, belt ze niet meer zo vaak. Ze heeft me uitgelegd waarom niet. De leden van de groep vormen een netwerk en het is de bedoeling dat men elkaar belt op 'moeilijke momenten'. Dus als de alcoholist op het punt staat zich te bezuipen, de automutilist op het punt staat zichzelf met een mes te bewerken, of als de moeder haar driejarige dochter in elkaar wil rammen. Ik wist niet wat ik hoorde. Er zit een vrouw in de groep die in haar jeugd mishandeld werd door haar vader, en die nu zelf een dochtertje heeft van drie. 'Echt een leuke vrouw,' beweerde Reva. 'Maar af en toe heeft ze zichzelf niet in de hand.' Op mijn vraag wat zo'n vrouw doet in een vrijwillige therapiegroep (nou ja, ik vroeg eigenlijk: 'Is die vrouw niet beter op haar plek in de gevangenis?') werd Reva razend.

'Dat is een heel moedige vrouw hoor! Die heel erg haar best doet om te veranderen!'

'Maar dat lukt nog niet zo goed?' vroeg ik. Beetje cynisch. Ze werd piswoest.

'Het is ontzettend moeilijk om te veranderen, Mar-jo-lijn!' beet ze me woedend toe. 'Daar heb jij geen idee van.'

'Liet je me in de steek dan?' reageert ze nu verbaasd.

'Nou, in het begin kwam ik je heel vaak opzoeken,' zeg ik, 'maar na een tijdje niet meer.'

'O.'

Het is precies zoals ik dacht. Ze heeft er niets van gemerkt. Van mijn keiharde grenzen.

'Maar je moet niet vergeten dat ik onder de medicijnen zat, hè!'

zegt ze als het iets te lang stil blijft. 'En er wérd voor me gezorgd; daar had ik jou toen niet speciaal voor nodig.'

Dat klinkt ook fijn. *Daar had ik jou toen niet speciaal voor nodig.*

'Dus terwijl ik me schuldig zat te voelen omdat ik jouw lot in de handen van Vreselijke Bert had gelegd, had jij het daar in Vogelenzang prima naar je zin?' vraag ik.

Ja, daar komt het eigenlijk wel op neer. Nou ja, niet altijd natuurlijk, ze vloog ook wel eens tegen de muur op. En tegen Bert. Maar daar heeft ze goede herinneringen aan. Bert is heel belangrijk voor haar geweest. Belangrijk voor de hele afdeling trouwens. 'Die had echt een taak daar,' beweert ze.

Op mijn vraag wat die taak dan was, antwoordt ze zonder erover na te hoeven denken:

'Agressie opwekken. Dat kon hij als geen ander.'

Ik begrijp niet meteen wat er zo belangrijk kan zijn aan het opwekken van agressie, maar dat weet ze me haarfijn uit te leggen.

'Het uiten van agressie geeft energie,' zegt ze. 'En aangezien ik in die tijd een soort verwelkte kasplant was die het liefst de hele dag in haar bed lag *niks te hoeven*, kon ik af en toe wel een energieboost gebruiken. Zodra ze me tegenover Bert zetten, kwam de tijgerin in mij naar boven.'

De tijgerin in Reva.

Die heeft zich, buiten haar voorstellingen om, al lange tijd niet meer aan mij getoond.

'Wat deed-ie dan?' vraag ik nieuwsgierig.

'Hij noemde me altijd *Meryl Streep.* Dat maakte me razend. Maar al deed-ie niks! Ik hoefde die minachtende grijns van hem maar te zien en ik ging al door het lint.'

Ik schiet in de lach vanwege Meryl Streep en suggereer dat ze dat ook als een compliment had kunnen opvatten. Maar dat kon helemaal niet. Want Bert had een hekel aan acteurs en vooral aan actrices, ijdeltuiten en aanstellers in zijn ogen.

'Hij deed het alleen maar om mij te sarren.'

Ik begin met terugwerkende kracht respect te krijgen voor de man die ik verdacht van een gebrek aan inlevingsvermogen, en neem me voor om in de toekomst zijn Meryl Streep-techniek eens uit te proberen, mocht dat nodig zijn. Naar mijn smaak speelt mijn zus veel te vaak de rol van de verwelkte kasplant.

Reva was naar eigen zeggen nog nooit zo uit haar dak gegaan als daar in Vogelenzang tegen Bert. Bij elke gelegenheid die zich voordeed opnieuw.

'Hij kreeg de hele lading over zich heen!' roept ze vrolijk. 'Bedoeld voor alle mannen die ik haatte.'

Alle mannen die ze haatte.

Ik kan er maar twee bedenken, de leraar natuurkunde en de DJ.

'En papa, hè. Die haatte ik in die tijd ook.'

29.

Toen Reva vier weken in de kliniek zat, werden we met z'n allen uitgenodigd door Bert voor een gezinsgesprek.

Ik had me er echt op verheugd. Maar niet heus. Mijn broers wilden niet mee. Zij hebben het, net als ik, niet zo op therapeuten en psychiaters. Ze kwamen echter toch, na lang aandringen van mijn moeder.

We moesten allemaal iets vertellen over 'hoe wij in het gezin stonden': welke plek we innamen en met wie we het meest contact hadden. En ook hoe we Reva zagen binnen het gezin. Welke 'functies' zij had.

Mijn vader vertelde het verhaal dat wij al honderd keer hebben gehoord.

Dat hij wees werd op driejarige leeftijd toen zijn eigen vader en moeder omkwamen bij een auto-ongeluk, en dat hij daarna altijd een nerveus en bang kind is geweest, opgegroeid in verschillende kindertehuizen. Dat hij op zijn dertigste het grote geluk had om tegen mijn moeder aan te lopen, met wie hij trouwde en een jaar later meteen een kind kreeg (ik). Dat hij echt blij was met het kind, maar toen er daarna nog drie kwamen, het allemaal een beetje veel voor hem werd. Dat hij weet dat hij 'geen goede vader' is geweest (op dit punt begint hij altijd te huilen), omdat hij niet voldoende aandacht en tijd had voor zijn kinderen, dat hij nu eenmaal veel tijd voor zichzelf nodig heeft o.a. om te sporten, dat hij vaak depressief is en het niet ziet zitten, niet tegen lawaai kan, niet tegen rommel, enzovoort.

Toen wij nog kinderen waren, was het heel moeilijk voor ons om op zo'n moment *niet* op te springen om de boel te sussen en te bagatelliseren. Hem te bezweren dat het allemaal wel meeviel en dat hij heus wel een goede vader was.

Tegenwoordig lopen wij meestal weg als mijn vader aan zijn klaagzang begint.

Deze keer bleven we allemaal zitten. Maar niemand zei een woord.

Het was een heel akelige situatie. Mijn vader zat te huilen op zijn stoel en niemand deed iets.

Uiteindelijk was het Reva die opstond en naar hem toe liep om haar arm om hem heen te slaan. Natuurlijk was het Reva. Dát was namelijk haar taak in het gezin: de boel bij elkaar houden en het iedereen zo veel mogelijk naar de zin maken.

En toen gebeurde er iets raars: mijn vader weerde haar af. Hij sloeg ruw haar arm weg en beet haar toe dat hij geen medelijden nodig had, dat hij zichzelf wel redde.

Niemand greep in.

Ook Bert en zijn collega-therapeute niet.

Ik zag dat Reva in eerste instantie heel erg schrok van mijn vaders botte afwijzing. Ik zag het aan haar houding. Ze dook in elkaar. Schaamde zich.

Ongeveer een kwartier later, toen het allang weer over iets anders ging, werd ze opeens heel erg kwaad.

Omdat die lul van een vader van ons zijn kans op contact elke keer zelf verpestte.

Ik weet niet meer precies hoe ze het zei. Maar daar kwam het op neer. En ze noemde hem ook een lul.

Dat ze heel veel verdriet had om mijn vaders eenzaamheid en vanwege de muur die hij om zich heen had gebouwd, waarmee hij ons buitensloot. Maar dat het zijn eigen keuze was om die muur in stand te houden en niemand toe te laten. 'STOMME LUL!'

Het was bij ons thuis *not done* om mijn vader te tutoyeren. Mijn moeder spraken we aan met *jij* en *jou*, mijn vader altijd met '*u*'. Dat was volgens hem een uiting van respect. Volgens ons was het een uiting van afgedwongen respect en uiterlijk vertoon.

Stomme lul zeggen tegen mijn vader was uiteraard niet iets wat we dagelijks deden. Als iemand zo kwaad op hem was dat hij of zij het nodig vond om hem uit te schelden, dan deed diegene dat het liefst buiten gehoorafstand.

Mijn vader reageerde beledigd: 'Waarom schreeuw je zo?'

'Omdat u nooit naar ons luistert,' brulde Reva.

Ook hierop hadden de therapeuten niks te zeggen.

En mijn vader geen antwoord.

Maar aan het einde van de sessie, bij de rondvraag, sprak hij de legendarische woorden: 'Als ik het over mocht doen, dan zou ik geen kinderen nemen.'

Wij, halve pubers nog, vatten dat op als: *Ik wil jullie niet.*

En de echo van die opvatting vrat zich diep in, in onze hersenen.

Jullie zouden er niet moeten zijn.

Had zich al lang geleden ingevreten, denk ik eigenlijk. Want ook onuitgesproken had de boodschap van mijn vader ons al lang bereikt.

Zelfhaat is iets wat een ouder overdraagt op zijn kinderen.

En toch trok de studentenbegeleidster die ik een paar weken na deze gezinsbijeenkomst vanwege een dip in mijn studieprestaties raadpleegde, een andere conclusie.

'Je vader bedoelde waarschijnlijk dat hij zich realiseerde hoe hij jullie heeft belast met zijn ziekte.'

Ik had het graag geloofd.

Maar ik dacht: als dat was wat hij wilde zeggen, dan had hij het vast wel op die manier geformuleerd.

30.

Met 'de ziekte van mijn vader' bedoelen wij zijn nervositeit, zijn pessimistische levenshouding en zijn zwaarmoedigheid. Mijn vader kan nergens tegen. Niet tegen rotzooi, niet tegen geluid (elk geluid is in zijn oren lawaai), niet tegen spanning en vooral niet tegen ons.

Hij slikt al zo lang ik mij kan heugen, kalmerende middelen waaraan hij zelf zegt verslaafd te zijn. Zijn psychiater ontkent dat; volgens hem zijn het zulke kleine hoeveelheden die hij mijn vader voorschrijft, dat er van verslaving geen sprake kan zijn.

Maar ondanks het feit dat mijn vader niet verslaafd is aan zijn pillen, gaat hij heel erg raar doen als hij ze niet slikt. Dat heeft hij een paar keer geprobeerd en al die keren smeekte mijn moeder hem na een paar dagen om alsjeblieft weer te beginnen. Alhoewel hij erg vrolijk was, zónder.

Zó vrolijk dat hij ons van 's ochtends vroeg tot 's avonds laat lastigviel met emotionele lulverhalen en ingewikkelde politieke denkbeelden, totaal euforisch en over de top. Hij sliep geen minuut.

Wij hielden dat als gezin nog geen twee dagen vol.

En dus begon hij weer met zijn 'lage' doses benzodiazepinen, die weliswaar zijn angsten en zijn nervositeit verminderen, maar die er daarnaast gratis en voor niks voor zorgen dat hij altijd down is en chagrijnig, en nooit (maar dan ook *nooit*) vrolijk.

Als de zus van mijn moeder met haar gezin bij ons op bezoek dreigde te komen, maakte Reva zich al dagen van tevoren zorgen dat mijn vader de sfeer zou gaan verpesten. Iets wat altijd gebeurde, dus ze maakte zich die zorgen niet voor niets.

Mijn tante en oom hadden drie jonge, drukke kinderen en ze woonden aan de andere kant van het land, dus áls ze een keer op bezoek kwamen, bleven ze meteen ook de hele dag.

Een hele dag visite is voor de meeste mensen niet te doen. Voor mijn vader betekent het zoiets als wederrechtelijke vrijheidsberoving voor onbepaalde tijd.

Altijd kwam er wel een moment dat hij er zwaar tabak van kreeg en tegen iemand uitviel, bij voorkeur tegen de kinderen van de visite, waarmee hij zichzelf en ons voor gek zette.

Om hem te ontlasten, en zodoende de uitbarstingen te voorkomen, nam Reva alle kinderen waaronder ook onze jongere broertjes mee naar de duinen waar ze speurtochten uitzette en wilde spelletjes bedacht, om de kinderen zo veel mogelijk af te matten, zodat ze later aan tafel hun gemak zouden houden. Bij slecht weer liet ze hen hutten bouwen op haar kamer.

Het hielp nooit.

Hij ergerde zich kapot tijdens de gezamenlijke avondmaaltijd. En om zeven uur joeg hij iedereen weg door keihard *Studio Sport* aan te zetten. Ik kan nog steeds niet naar de tune van dat programma luisteren. Zodra ik die trompetten hoor, krijg ik de zenuwen.

Overigens ergerde mijn vader zich altíjd kapot tijdens het avondeten. Daar had hij geen visite voor nodig.

Het is voor mijn vader heel jammer dat hij niet in de middeleeuwen is geboren. En dat hij niet is getrouwd met een bange en volgzame vrouw. Dan had hij ons kunnen verbieden om te praten aan tafel, om geluid te maken en vrolijk te zijn.

Maar wij lieten ons niks verbieden, mijn broers en ik althans. Reva wel.

Mijn moeder denkt dat de eetproblemen daar zijn begonnen, aan tafel naast mijn vader. Dat zijn spanning en nervositeit haar misselijkheid veroorzaakten.

Ik denk eigenlijk dat het Reva's enorme behoefte aan waardering is, die haar parten heeft gespeeld. En nog steeds speelt. Een behoefte die zo groot is, dat ze zich onmiddellijk aanpast aan de wensen van de ander. Zelfs als die ander het onmogelijke van haar vraagt, namelijk: haar eigen levenslust op te geven.

Ik geloof helemaal niet dat Reva mijn vader haatte.

Ik geloof dat ze heel erg bang was om op hem te lijken.

Maar ze lijkt op hem.

Net zo overgevoelig. Net zo bang. Net zo slim en net zo pessimistisch.

Ik voel me bijna een verrader als ik het zeg, maar ze lijkt op hem.

31.

'Ik doe het nooit meer.'

'Ik ook niet.' Ik denk dat het over seks gaat. Kreeg laatst bijna ruzie omdat we het nooit doen. Maar ze bedoelt: een soloprogramma spelen.

'Het is NIET leuk. Er zat er één te slapen op de eerste rij!'

De slaper bleek de partner te zijn van een journaliste die beroepstechnisch in de zaal van het Witte Theater zat. Na afloop van de voorstelling zou zij Reva interviewen voor de krant. Omdat het toevallig haar trouwdag was, had ze na een romantisch etentje haar echtgenoot meegesleept naar het theater. De man had hoofdpijn en 'hield niet zo van toneel.'

'En Reef, hoeveel sliepen er niet?' vraag ik.

Dat doet er niet toe.

Zoals het er uiteindelijk ook niet toe doet dat een jonge vrouw uit het publiek na afloop huilend kwam melden dat ze haar hele familie naar de voorstelling zou sturen 'want dan begrijpen ze *het* misschien eindelijk.' Met 'het' bedoelde ze zichzelf.

Slechts de negatieve ervaringen beklijven.

Reva maakt het zichzelf en haar publiek niet gemakkelijk. Meteen vanaf het begin van *Je kan wel gek worden!* trekt ze behoorlijk fel van leer en het programma bevat niet de meest toegankelijke liedjes en monologen. Zo zingt ze bijvoorbeeld een lied over wat je allemaal met je kinderen kunt doen als je *niet* van ze houdt, een op rijm gezette opsomming van gruwelijkheden waar de honden geen brood van lusten. (Sigaretten op hun huid uitdrukken, met hun blote voeten op een gloeiende kookplaat zetten, met stokken slaan, nachtenlang opsluiten in een koude badkamer, hondenvoer te eten geven, enzovoort.) 'Er is niks van verzonnen!' roept ze altijd. 'Al die dingen heb ik in de krant gelezen of gehoord van mijn collega's in Vogelenzang. Het is gewoon de waarheid die ik vertel.'

Dat niet iedereen op de waarheid zit te wachten, heeft ze inmiddels aan den lijve ondervonden. De cabaretliefhebbers op het Rotterdamse Camerettenfestival konden haar harde humor wel waarderen, maar elders in het land staan de mensen soms en masse op en lopen weg.

'Waarom wil je eigenlijk op het toneel staan?' vraag ik. 'Wat vind je er wél leuk aan?'

'Dat klinkt als een verwijt!' roept ze boos.

Ik bedoel het niet als verwijt. Ik wil haar niet onder de neus wrijven dat ze haar zegeningen moet tellen, alhoewel ik zou willen dat ze dat deed; ik vind het rot voor haar dat het spelen haar zo zwaar valt.

'Ik vraag me alleen maar af of het al die stress wel waard is,' zeg ik.

'Hmm...' Blijkbaar vraagt ze zich dat zelf ook wel eens af. 'Soms gaat het goed,' zegt ze. 'Dan heb ik er plezier in.'

'Wanneer?'

Ze moet heel lang nadenken.

'Als ik me vrij voel,' zegt ze ten slotte.

Als ze zich vrij voelt om haar verhaal te vertellen en 'te zijn wie ze is'. Dan gaat het als het ware vanzelf. Dan heeft ze geen last van haar superkritische alter ego dat altijd over haar schouder meekijkt en alles wat ze doet negatief beoordeelt; het alter ego dat zonder meer de kant kiest van het 'vijandige' publiek.

'Hoezo *vijandig* publiek?' vraag ik.

'Mensen zijn superkritisch, hoor!' roept ze. 'Ze vergelijken je met de top van het cabaret, ook al kom je net van school. Ze gaan ervan uit dat het niks is wat je staat te doen, totdat je het tegendeel bewezen hebt.'

Ik voel me geroepen om hiertegen in te gaan.

'Reef, dat geldt misschien voor recensenten, maar niet voor het publiek dat uit zichzelf een kaartje koopt,' zeg ik. 'Die komen echt niet omdat ze denken: dit wordt niks. Daar gaan ze hun geld toch niet aan uitgeven?'

Aan haar lachje kan ik horen dat ik geen idee heb hoe het eraan toegaat in de theaterwereld.

In Voorburg had de theaterdirecteur gezegd: 'Vorige week hadden we een try-out van Freek (*de Jonge!*) en toen was het wél uitverkocht!' om aan te geven dat het niet zijn schuld was of die van zijn publiciteitsmedewerkers, dat de zaal niet vol zat.

'Dus zelfs zo'n directeur maakt geen onderscheid,' zegt ze.

'Heb je die man niet uitgelachen?' vraag ik.

'Nee. Ik moest aan de beademing.'

Ze zucht.

Ik heb het gevoel dat ze me nog meer wil vertellen, maar er komt niks.

'Waar hangt het eigenlijk van af of je je vrij voelt op het toneel?' vraag ik.

Ook daar moet ze lang over nadenken.

Uiteindelijk hangt het toch af van het publiek. Van de sfeer in de zaal. Of de mensen er zin in hebben en openstaan voor haar verhaal. Soms is dat niet het geval. Dan voelt het publiek dus als 'de vijand' en dan moet ze eerst heel lang haar best doen om het voor zich te winnen.

Op de een of andere manier doet het me denken aan wat ze ooit zei over het soort mannen waar ze op valt.

'Wordt dat nou je levensdoel?' vraag ik. 'Mensen die *niet* van je houden overhalen om het toch te doen?'

'Hmm...' Er volgt weer een lange stilte. Dan zegt ze: 'Ik denk eigenlijk dat mijn uiteindelijke doel is: me losmaken van het oordeel dat anderen eventueel over mij hebben.'

Ik schiet in de lach. 'Nou, dan heb je wel het minst comfortabele beroep gekozen om dat uit te zoeken,' zeg ik.

Dat snapt ze niet.

'Het klinkt als iemand die zijn hoogtevrees probeert te overwinnen door glazenwasser te worden in New York,' leg ik uit. 'Of zijn verdrinkingsangst met een kanotocht over de Stille Oceaan.'

WAT IK NIET DURF,* ZAL UITEINDELIJK WEL HET BESTE VOOR MIJ ZIJN.

---

* Kleine variatie op het levensmotto

Gelukkig heeft ze Philip. De leukste, aardigste en intelligentste technicus ooit. Met een schizofrene broer. Ze verdenkt het impresariaat ervan dat ze hem daarop gescreend hebben. (*Gezocht: theatertechnicus met ervaring in de psychiatrische zorg.*)

Bijkomstig voordeel: Philip daagt haar niet uit op seksueel gebied. Dat geeft rust.

Het leukste aan de solotournee is onveranderlijk: de reis terug naar huis. Als het er weer op zit en er is geen ramp gebeurd. In het donker over de snelweg met het busje dat door Philip wordt bestuurd, en een oorverdovend kabaal maakt zodat ze keihard moeten schreeuwen om zichzelf verstaanbaar te maken. Daardoor wordt er niet veel gesproken. Maar het is altijd 'stikgezellig'.

Ik herinner me een raadsel, ooit bedacht door een van Reva's collega's.

Wat is er leuk aan *met een hete strijkbout tegen je hoofd slaan*?

Dat het weer ophoudt.

'Hé Reef, ik ga hangen, want ik moet morgen weer vroeg op.'

'Eh... dat kan niet,' zegt ze paniekerig. 'Je moet aan de lijn blijven zodat je kan horen wat ik doe...'

'Ik wíl helemaal niet horen wat je doet.'

'Om te voorkomen dat ik een eetbui krijg, bedoel ik...'

Aha. Daarom belde ze. Jorinde was zeker niet bereikbaar.

'Je krijgt geen eetbui,' zeg ik. 'Nergens voor nodig. Gewoon een of twee boterhammen met pindakaas eten, dat MAG. Ik doe dat altíjd als ik laat thuiskom, en ik ben nog steeds niet obees.'

'Ook als je meteen daarna gaat slapen?'

'Dan ook. Maar jij gaat toch niet meteen slapen.'

Ze lacht.

'Hé en Reef, het komt wel goed met die solocarrière.'

'Weet je het zeker?' vraagt ze verheugd.

'Ja.' Ik weet het helemaal niet zeker, maar het lijkt me goed om te zeggen tegen een theatermaker die aan slapeloosheid lijdt en zich zorgen maakt over haar beroepskeuze. 'En als het *niet* lukt, kan je altijd nog bij Wakker Dier gaan werken.'

32.

Na zes weken in de psychiatrische inrichting te hebben doorge-
bracht, werd Reva genezen verklaard en mocht ze naar huis.

Ze was er zelf enigszins verbaasd over.

'Denken ze dat ik nu opeens wél alleen kan wonen?' vroeg ze
me.

Ze leek er niet heel veel vertrouwen in te hebben.

Ook ik hield mijn hart vast.

Geluk bij een ongeluk was dat ze niet alleen *hoefde* te wonen.

De eigenaar van het huis in de Jordaan waar Reva samen met
klasgenoot P bijna twee jaar op had gepast, was tijdens haar ver-
blijf in Vogelenzang onverwachts teruggekeerd uit de VS.

Mijn zus is in sommige opzichten een geluksvogel. Nog geen
week nadat haar dakloze status via de tamtam of de stadsomroe-
per bekend was geworden (Reva doet niet aan sociale media),
kreeg ze van vriendin en collega-actrice S het aanbod om een zol-
deretage te delen in de Deurloostraat, min of meer bij Vincent en
mij om de hoek.

Het was een kleine etage met twee slaapkamers, een minuscuul
badkamertje met bad en wc en een keukenblok op de overloop.

Reva had bij thuiskomst nog twee weken vakantie, daarna zou ze
beginnen aan het vierde jaar op de theaterschool. Die tijd bracht
ze door met het verhuizen van haar spullen naar de zolderkamer
en met logeren bij onze ouders.

Bij de start van het nieuwe schooljaar begon ze heel gedisci-
plineerd elke ochtend om negen uur met de lessen klassiek ballet
(waar ze eigenlijk een hekel aan had en die ze voorheen het liefst
oversloeg), om haar conditie weer op peil te brengen. Helaas hield
ze daar al vrij snel weer mee op, omdat ze naar eigen zeggen geen
idee had waar ze het voor deed. De jongerenmusical was inmid-

dels van start gegaan met een leuke Nederlands-Marokkaanse actrice in de hoofdrol, 'zeer goed kunnende dansen en zingen' volgens mijn zus. Haar plek was moeiteloos opgevuld.

Reva vulde haar dagen met uitslapen, tv-kijken en doelloos door de stad fietsen.

Ik hoorde haar nooit meer over lessen of over audities voor een eventuele nieuwe stage.

Na een paar weken begon ik me zorgen te maken.

'Reef, dat diploma komt echt niet op een dag uit zichzelf naar je toe wandelen hoor,' waarschuwde ik haar.

'Ik zit helemaal niet op een diploma te wachten,' antwoordde ze nors.

'Dat weet ik wel, maar als jij niet afstudeert, kan je straks je hele studiebeurs terugbetalen,' zei ik. Alsof ik haar moeder was. Of erger: haar vijfentachtigjarige toeziend voogd. (Mijn moeder zeurt nooit.)

'Hmm...' Maakte zo te horen geen indruk, dit dreigement.

'Wat ben je op dit moment aan het doen?' vroeg ik.

'Niks.'

'Zie je nog wel eens iemand van school?'

'Ja... soms. Ze hebben het allemaal druk.'

'En S? Hebben jullie het samen een beetje gezellig?'

'Heel gezellig. Ze speelt nog steeds in die voorstelling van Toneelgroep Amsterdam en ze volgt daarnaast een cursus *camera acteren* en een cursus *scenarioschrijven* op de filmacademie en dan heeft ze ook nog een vriend in Arnhem.'

Kortom: S was er nooit.

'Wat doe je nou de hele dag?'

'Gewoon. Een beetje uit het raam staren. Wat kan het jou schelen?' snauwde ze.

Ik werd opeens kwaad. Wat kón het mij eigenlijk schelen?

'Waarom ga je niet meteen een aanleunwoning zoeken?' schreeuwde ik.

Ik bleef een paar dagen kwaad. Twee of drie. Toen hield ik het niet meer uit.

Ik belde P, de voormalig huisgenoot, om advies te vragen. Hij kende mijn zus misschien nog wel beter dan ik. In elk geval kende hij de theaterwereld beter dan ik. Na een paar pogingen kreeg ik hem te pakken.

P vond hetzelfde als ik. Dat Reva zo snel mogelijk *iets* moest gaan doen. 'Anders zit ze over een paar weken weer in Vogelenzang.'

Ik vertelde hem dat ze, voor zover ik wist, nooit audities deed en dat ze geen lessen of workshops meer volgde.

Maar volgens P was dat ook niet de weg die Reva moest bewandelen.

'Ze moet gewoon aan het werk,' vond hij. 'Niet op die school blijven hangen en geen lessen volgen waar ze niks mee heeft.' Ook wat de audities betreft was hij heel duidelijk: 'Ze is helemaal niet het type dat rolletjes speelt in musicals of toneelstukken. Ze moet gewoon haar eigen programma's maken; daar kan ze haar woede en haar hartstocht in kwijt.'

Volgens hem had Reva genoeg materiaal voor drie avondvullende soloprogramma's. 'Ze schrijft heel veel,' beweerde hij.

Dat was totaal nieuw voor mij.

Een beetje uit het raam staren. Zou dat een omgekeerd eufemisme zijn?

'Waarom weet ik dat niet?' vroeg ik.

'Omdat ze bang is dat ze dan aan de bak moet, misschien?' antwoordde P. 'Zolang ze tegen niemand zegt wat ze doet, hoeft het ook nooit iets te worden.'

We spraken af om Reva een schop onder haar kont te geven en een deadline met haar af te spreken.

Ik betrapte mezelf voor de zoveelste keer op de gedachte dat het erg jammer is dat mijn zus niet valt op de mannen die van haar houden.

De volgende dag stonden we om acht uur 's avonds onaangekondigd bij Reva op de stoep. Ze reageerde niet op ons afwisselend aan- en opbellen. Daarom gebruikte ik de kopie van de sleutel die ik via haar vriendin S had weten te ritselen.

Eenmaal boven moesten we minutenlang op haar kamerdeur bonzen voor ze reageerde.

'Reef, doe open, we weten dat je er bent, want daarnet brandde er nog licht. We hebben een plan.'

'Wie zijn we?'

'P en ik.'

'Ik ben ziek. Maak maar een afspraak via de mail.'

'En P heeft zijn nieuwe labradorpup meegenomen,' ging ik verder, haar opmerking negerend. 'Hoe heet-ie ook alweer, P?'

'Kojak,' zei P en hij kefte akelig levensecht. 'Maar als jij hem niet wil zien, dan gaan we weer.'

Er klonk gestommel. Ze opende haar kamerdeur op een kier. 'Laat zien die hond!' beval ze. Kojak was onderdeel van onze strategie. Als Reva ergens geen weerstand aan kan bieden, dan is het aan jonge dieren.

'Ik kan hem pas over twee weken ophalen,' zei P terwijl we naar binnen drongen. 'Sorry. Maar ik heb wel foto's op m'n iPhone.' Dat was niet gelogen. Hij had ze aan mij laten zien, een paar honderd foto's van een schattige blonde labradorpup.

Terwijl Reva zich aan ging kleden onder veel gemopper omdat ze er door ons 'in was geluisd', zette ik koffie.

Daarna legden we het plan uit.

Het was een idee van P. Hij had bedacht dat Reva zich moest aanmelden voor een van de drie grote cabaretfestivals, dat van Leiden, het Camerettenfestival in Rotterdam of het Amsterdams Kleinkunstfestival. Door zo'n festival te winnen, zouden de impresario's voor haar in de rij staan en dan was het probleem *hoe krijg je publiek naar je voorstelling als je niet bekend bent van de tv?* meteen opgelost.

Reva reageerde niet. Het leek alsof ze het niet begreep.

'Er worden finalistentournees georganiseerd waarbij je samen met andere finalisten een flink aantal voorstellingen speelt door het hele land,' legde P uit. 'Daar komt altijd veel publiek op af. En als je dan zo snel mogelijk dat programmaatje van een half uur uitbreidt tot een avondvullend soloprogramma, dan kan je impresario dat tegelijkertijd met de finalistentournee aanbieden aan de theaters. Zo is de kans dat je een eigen publiek opbouwt optimaal.'

'Hmm...' Reva was niet meteen dolenthousiast. 'Het valt me op dat je steeds de termen *winnen* en *finalisten* gebruikt,' zei ze. 'Heb je daar een speciale reden voor?'

'Als jij die finales niet haalt, dan eet ik mijn hond op,' beweerde P. 'Je hebt niet voor niks die prijzen gewonnen.'

Winnen is volgens Reva een relatief begrip. (Een van haar stokpaardjes.) Het zegt niets over je kwaliteit. Het zegt hooguit iets over de verhouding van de kwaliteit.

'Ik heb op die kneuzenschool van alle kneuzen die meededen aan de wedstrijd, en dat waren er hooguit vijftien, twee keer de prijs gekregen voor de "beste" etude,' sprak ze belerend. 'Dat betekent waarschijnlijk niet meer dan dat iedereen er met de pet naar had gegooid, behalve ik.'

'Ja. En straks zijn we toch allemaal dood,' zei ik, want ik kreeg er een beetje genoeg van. 'Ik ga naar huis en het maakt me geen moer uit welke beslissing je neemt, Reef. Tot kijk.'

Maar een paar dagen later werd ik aangenaam verrast.

Ze had zich aangemeld. Voor Cameretten. Maar ze ging daar niet, zoals P had voorgesteld, een van die 'stomme vingeroefeningen' doen die ze op school had gemaakt. Want die waren inmiddels 'zo achterhaald!'

'Ik ga iets nieuws maken,' zei ze.

'Goed plan, Reef,' vond ik.

Zolang je maar van de straat bent, dacht ik erachteraan.

33.

De voorbereidingen voor het Camerettenprogramma verliepen zoals te verwachten was niet zonder slag of stoot.

P had aangeboden om haar te helpen. 'Maar P heeft geen smaak,' beweerde Reva.

Ze bedoelde waarschijnlijk dat zijn smaak niet overeenkwam met de hare.

Op mijn vraag of haar vriendin S haar niet kon helpen, werd ze alleen maar nijdig. 'Die heeft het veel te druk,' snauwde ze.

Ik had met haar te doen. Het leek me moeilijk om de hele tijd in je eentje te werken.

P en ik hadden afgesproken om haar een beetje in de gaten te houden. Dat deden we voorlopig per telefoon want Reva had ons streng verboden om ooit nog bij haar in te breken 'zonder die hond'.

Dus een reëel beeld van hoe het met haar ging, kregen we niet, maar 'idioot goed', zoals ze standaard antwoordde op onze vragen, kon het niet zijn.

Op een woensdagmiddag ging ik na mijn stage ondanks het straatverbod bij haar langs. Ik fietste van het station naar huis en voelde opeens de behoefte om te checken of alles nog in orde was. Ze lag in bed. Ik zei: 'Reef, het is twee uur in de middag. Wat ben je aan het doen?'

'Ik ben aan het werk,' riep ze boos vanonder de dekens. 'Ik heb allemaal goeie ideeën.'

'O ja? Waar is je notitieboek?'

'Dat heb ik uit het raam gesmeten. Ik werd er gek van. Het is dodelijk vermoeiend om steeds maar goeie ideeën te hebben,' schreeuwde ze. 'Ze komen altijd op KUTmomenten. Altijd 's nachts als ik wil SLAPEN of als ik met migraine in bad lig. IK WORD DOODZIEK VAN MIJN GOEIE IDEEËN!!!'

Ik joeg haar onder de douche en maakte een geïmproviseerd ontbijt voor haar klaar, yoghurt met een half dooie banaan en een paar droge vezelcrackers, meer had ze niet in huis. Daarna dwong ik haar om samen met mij een wandeling te gaan maken in het Amstelpark. Ze liep na een kwartier al te hijgen als een oud paard. Ik praatte eindeloos op haar in over het belang van lichaamsbeweging, en van regelmaat en structuur.

Toen we thuiskwamen maakten we samen een schema:

7.30 uur: opstaan, ontbijten met ten minste twee boterhammen of *veel* yoghurt en vijf eetlepels muesli, douchen.

9.00 uur: balletles op theaterschool.

10.30 uur: koffiedrinken en boterham eten op school samen met een MENS. Mag ook de conciërge zijn.

11.30 uur: naar huis fietsen.

12.00 uur: aan het werk!!! (schrijven of repeteren voor de Camerettenvoorstelling).

13.30 uur: lunchen en krant lezen.

14.30 uur: werken!!!

17.30 uur: boodschappen doen, koken en eten, liefst samen met iemand. Daarna: doen waar je zin in hebt, behalve in bed gaan liggen met een kussen over je hoofd, dat is ten strengste verboden. Het beste is: MENSEN opzoeken of bellen.

23.00 uur: naar bed. Boek lezen en/of douchen voor het slapengaan, zodat je hersens weten: nu gaan we slapen en niet eindeloos piekeren.

23.30 uur: SLAPEN en alleen in geval van UITERSTE NOOD midden in nacht zus bellen.

'Jezus, Mar, moet dat elke dag?' mopperde ze.

'Ja. Dat moet,' zei ik zonder een spier te vertrekken. Ik zou zelf voor geen goud volgens zo'n strak en fantasieloos schema willen leven.

'En in het weekend?'

'Mag je alleen afwijken van het schema als je je er de rest van de week aan hebt gehouden.'

'Zo. Wat ben jij streng zeg.'

'Streng doch rechtvaardig,' zei ik. Omdat zij en ik dat altijd zeggen zodra het woord *streng* valt.

Ze belde nog diezelfde nacht. 'Succes werkt verlammend.'

'Is dit een noodgeval?' vroeg ik geïrriteerd.

'Ja. Succes werkt verlammend.'

'Bij jou.'

'Bij jou ook. Bij iedereen. Je kunt beter niet *veelbelovend* genoemd worden en geen prijzen winnen, zéker niet als je nog op school zit.'

Ik had me de hele middag met haar beziggehouden; ik was er een beetje klaar mee. 'Weet je Reef, ik heb nooit succes gehad, maar ik neem me voor om als ik het ooit krijg, ervan te gaan genieten,' zei ik met de stem van de toeziend voogd.

'Ha! Jij hebt echt geen idee!' riep ze kwaad. 'Als je ergens succes mee hebt gehad, dan gaan de mensen meteen allemaal dingen van je VERWACHTEN.'

'Ja, dat lijkt me afschuwelijk, verwachtingen,' treiterde ik. 'Want dan moet je je steeds druk maken over het feit dat je er niet aan kunt voldoen, toch? En dat je de mensen teleur gaat stellen? Hou op, schei uit, wat een rotleven moet jij hebben.'

'Doe eens even serieus!'

'Je bent een verwend nest!' riep ik, zó serieus dat Vincent ervan wakker schrok. 'Ieder ander zou dolblij zijn als hij *veelbelovend* werd genoemd. Jij zit alleen maar te zeiken. Het is bij jou nooit goed of het deugt niet.'

'Dat zei mama altijd.'

'En ik zeg het nu.'

'Dank je wel.'

34.

Een paar nachten later belde ze weer. Ik kon aan haar stem horen dat het deze keer echt een noodgeval betrof.

'Weet je nog van Maurice?'

Ik schrok.

Maurice.

Dat prachtige joch, vriendje van mijn jongste broer, extreem vrolijk en extreem druk. Reva en ik pasten wel eens op hem toen hij nog klein was.

Hoe zou ik *niet* meer kunnen weten van Maurice?

Hij schoot zichzelf een kogel door het hoofd, vijftien jaar oud, in de lift van de flat waar hij woonde met zijn ouders.

Ik weet ook nog hoe zijn vriendin zich op de kist stortte bij de begrafenis.

Ik weet zijn zusje nog, zijn vader en zijn moeder. En hoe mijn broer en de rest van zijn vrienden eraan toe waren.

'Wat ben je aan het doen, Reef?' vroeg ik.

'Ik heb een lied gemaakt.'

'Wil je erover praten?'

'Nee, je hoort het wel in Rotterdam.'

Ik hoorde het inderdaad twee maanden later in Rotterdam. Twee keer. Tijdens de halve en de hele finale. Samen met ander nieuw en voor mij onbekend materiaal, onder andere het lied over kindermishandeling en een act over een 'gratenpakhuis' dat bij de groenteman niet kan kiezen tussen een struik bleekselderij en een komkommer, en door Reva op keiharde en zeer cynische wijze van advies wordt voorzien.

Ze had het uiteindelijk voor elkaar gekregen. S had na diverse smeekbeden de regie op zich genomen, en een bevriende muzikant begeleidde haar op de piano.

De halve finale werd een groot succes. Reva was duidelijk in haar element op het podium van de kleine zaal, ze genoot van het spelen en dat wierp zijn vruchten af.

Tijdens de echte finale zat ik met Vincent, mijn ouders en mijn broers in een gigantische zaal met vijftienhonderd man publiek. Ik werd bijna gek van angst. Angst voor haar angst. Dat ze het niet aan zou kunnen. Dat ze ter plekke ten overstaan van al die mensen in zou storten.

Maar dat gebeurde niet. Ze speelde vrij *steady*. Beetje snel en gehaast misschien, maar verder was niet te merken dat ze onder grote druk stond.

Pas bij het lied van Maurice ontspande ik. Cabaret. Winnen. Podiumangst. Anderhalf duizend toeschouwers. Wat was daar ook alweer belangrijk aan?

Het heette *Fragile* naar het nummer dat op zijn begrafenis werd gedraaid, en ze schreef het lang voor de discussies over de levenseindekliniek.

Er zou een stichting moeten komen
waar je zachtjes dood kunt gaan
met je mooiste kleren aan
en op de muziek van Sting

Waar je, op het punt gekomen
dat je niet meer verder wil,
met champagne en een pil
liefdevol wordt losgelaten

Zo'n stichting zou er moeten komen
die ons uitgeleide doet
wanneer het ons ontbreekt aan moed
om het leven aan te kunnen

Maar toch had ik liever niet
dat die stichting nodig was
om de mensen van het gas
en de treinrails te weerhouden

Want ik had het liever niet
dat mensen kiezen voor de dood

Want ik had het liever niet
dat mensen kiezen voor de dood

Mijn broer moet altijd huilen als hij Reva op het toneel ziet. Meteen zodra ze opkomt. Hij zegt dat haar moed hem ontroert. Dat ze ondanks alles het lef heeft om daar te gaan staan en haar verhaal te vertellen.

Deze keer huilde hij niet om Reva. Of althans, niet alleen om haar.

35.

'Hij is gepromoveerd tot artistiek leider!' gilt ze in mijn oor.

Ik weet niet meteen over wie ze het heeft.

'P kwam daarnet langs met Kojak. Die vertelde het. De directeur van de theaterschool is overleden en nu hebben ze de DJ tot artistiek leider benoemd!'

'Wat betekent dat precies, artistiek leider?'

'Hetzelfde als directeur. Klinkt alleen interessanter.'

'O. Dus dat is niet zo best...' zeg ik.

'Niet zo best???' brult ze hysterisch. 'Het is een ramp! De DJ! Je weet wel, die gevaarlijke gek met die arrogante kop en die dikke pens...'

'Reef, heb je je pillen wel ingenomen?' onderbreek ik haar met de bedoeling haar te choqueren. 'Natuurlijk weet ik nog wie de DJ is en dat hij eruitziet als een volgevreten zeekoe van ver over de datum EN DAT HET ZIJN SCHULD IS DAT JIJ GEK WERD. Wat wil je van me?'

Niks waarschijnlijk. Ik fungeer zoals altijd als praatpaal. Ze hoopt dat ik 'Oh en Ah' ga roepen. En 'Schande!' en zo.

'Maar Mar, het is toch een schande dat zo iemand directeur kan worden van een school met een overbevolking aan getraumatiseerde jonge kippetjes?!'

Daar heb je hem al. De schande.

'Ja schat, het is een schande,' zeg ik, want dat vind ik echt. 'En wat ga je eraan doen?'

Ik weet dat ze er niks aan gaat doen. Ze is nooit van plan geweest om iets aan de DJ te doen, dat zal nu niet opeens veranderd zijn. Ik heb al heel vaak gesuggereerd dat ze naar de politie moet gaan.

'Ik ben eerlijk gezegd nogal bang voor hem,' zegt ze deze keer.

Alsof ik dat niet weet. Als ze niet doodsbang was voor de DJ, dan had ze allang aangifte tegen hem gedaan. En dan zou ze niet zo in de stress raken als ze hem per ongeluk tegenkomt bij voorstellingen waarin collega's van haar spelen.

Maar het is voor het eerst dat ze het hardop zegt.

'Waar ben je dan bang voor?' vraag ik.

Ze zucht.

'Nou... als ik aangifte doe...' Ze gaat niet verder.

'Ja...?' Ik word een beetje ongeduldig.

Ze zucht nog een keer.

'En áls mijn aangifte serieus wordt genomen, dan gaat-ie mij natuurlijk tot op het bot vernederen,' zegt ze.

'Ja...?'

'Dan zal hij er alles aan doen om de rechtbank ervan te overtuigen dat juist *ik* degene was die aanstuurde op seks, wat feitelijk nog waar is ook...'

'Nadat hij je wekenlang schaamteloos had uitgedaagd!' onderbreek ik haar. Ik ken de verhalen. Dat de DJ toen het erop aankwam, nadat hij haar na de zoveelste privéles midden in de nacht had thuisgebracht, op het laatste moment leek terug te krabbelen. Vanwege zijn vrouw misschien, of vanwege Reva's huisgenoot die in de andere kamer lag te slapen, of misschien was hij z'n Viagra vergeten, wie zal het zeggen? En dat Reva hem toen min of meer had 'gedwongen' seks met haar te hebben door zich voor zijn neus uit te kleden en in een moeite door zijn gulp open te ritsen en zijn geslacht tevoorschijn te halen. Toen was er voor de DJ geen ontkomen meer aan.

'En dan gaat-ie waarschijnlijk uitleggen hoe ik dat precies deed, met alle details erop en eraan...' gaat ze door, mijn onderbreking negerend.

'Nou en?!' schreeuw ik. 'Als dat moet, dan moet het maar. Zo wereldschokkend zullen die details niet zijn. Er zijn wel meer mensen die aan seks doen, hoor. Ook bij de rechtbank.'

'Maar waar ik nog veel banger voor ben,' gaat ze onverstoorbaar verder, 'is dat ik de rest van mijn carrière wel op mijn buik kan schrijven als ik aangifte doe tegen de DJ.'

Dit is nieuw voor me.

'Hoezo?' vraag ik.

'Hij kent ontzettend veel mensen in de theaterwereld. En op de een of andere manier heeft-ie veel invloed. P vertelde een heel akelig verhaal.'

Het akelige verhaal waar ik helemaal geen zin in heb, maar wat ik natuurlijk toch uitgebreid te horen krijg, gaat over een jongen, een eerstejaars student aan de theaterschool, die door de DJ op vakkundige wijze is weggepest.

Tijdens een van zijn workshops had de kersverse, artistieke leider die naast zijn nieuwe functie helaas gewoon blijft lesgeven, zijn studenten opgedragen een act te bedenken van één minuut die hem zijn hele leven 'bij zou blijven'. Daarbij had hij een voorbeeld gegeven van een meisje uit een ander jaar, dat tijdens haar act heel dicht tegen hem aan was gaan staan en hem had bevolen: 'Kijk in mijn ogen!' En nadat de DJ dat meer dan een minuut had volgehouden, had ze gezegd: *'Geil, hè? Zie je hoe geil ik ben?'*

De betreffende eerstejaars student had een paar dagen later zijn klasgenoten gevraagd om voor de uitvoering van zíjn act in een kring te gaan zitten en de ogen gesloten te houden. Iedereen deed wat hem of haar werd gevraagd. Na een halve minuut hoorde men een harde klap en daarna 'Godverdomme!'

Dat was de act. (Het godverdomme hoorde er niet per se bij.)

De jongen had de DJ een knal voor zijn harses verkocht. Precies waar de DJ om had gevraagd met zijn ranzige en seksueel intimiderende voorbeeld.

Hierna volgde een masterclass *Verdeel en heers* door de DJ.

'Ik heb al mijn vertrouwen in jullie verloren!' had hij meteen de dag na het incident tegen de klas geroepen. Omdat niemand het voor hem, de artistiek leider(!), had opgenomen.

Uiteraard had ook niemand het voor de klasgenoot opgenomen. Op een school waar jaarlijks van de achthonderd jongeren die zich aanmelden er hooguit vijftien worden toegelaten tot het eerste jaar, halen leerlingen het niet in hun hoofd om stelling te nemen tegen de directie.

Niemand stak een poot uit. Ook de docenten niet. Het was een koud kunstje geweest voor de DJ om de jongen binnen de kortste keren middels slechte beoordelingen en een goedgeorganiseerde lastercampagne van school te verwijderen.

'En door zo'n eikel wordt de toekomstige generatie theatermakers opgeleid!' besluit Reva haar relaas.

Ik moet een beetje lachen om haar naïviteit.

'Lieverd, ik zal het je nog sterker vertellen: door dit soort eikels
wordt de hele wereld geregeerd, al eeuwenlang,' zeg ik. 'Die DJ van
jou is de Berlusconi van de Amsterdamse theaterschool. Die gaat
een heel leuk leven tegemoet met veel geld en macht en lekkere
wijven. Niemand zal hem een strobreed in de weg leggen, want
iedereen heeft net als jij een belang.'

Het is wel een beetje gemeen van mij om de gevolgen van het
wangedrag van de DJ tot haar verantwoordelijkheid te bombarde-
ren.

'Het is die jongen toch ook niet gelukt?!' verdedigt ze zichzelf.
'Die zit nu op een houtje te bijten bij zijn moeder thuis. Reken
maar dat hij op geen enkele theaterschool in Nederland nog een
kans krijgt.'

'Maar jij bent allang van school,' zeg ik. 'Dus wat kan jou nog
gebeuren?'

'Dat zei ik al. Hij kent heel veel regisseurs en theatermakers!'
roept ze. 'Ik maak me geen enkele illusie. Het is gevaarlijk om een
vijand van de DJ te zijn!'

Ik zucht. Ik ben een beetje moe. Ik wil dit niet meer.

'Luister, Reef. Ik vind al heel lang dat de DJ de doodstraf verdient, dat gaat niet meer veranderen de rest van mijn leven. Dus
wil je mij vanaf nu nooit meer lastigvallen met verhalen over dat
braakmiddel?'

Ze giechelt. 'Hmm... ja... ik zal het proberen. Maar ik moet nog
één ding zeggen. Als laatste...'

'Heel snel dan.'

'Oké.' Ze kucht een beetje zenuwachtig. 'Eh... ik wilde zeggen
dat ik eigenlijk niet geloof dat het door hém kwam, dat ik in die
inrichting belandde.'

Als ik niet meteen reageer, gaat ze verder: 'Ik *wil* het niet geloven. Zoveel macht had-ie nou ook weer niet. Er was meer voor
nodig om mij gek te krijgen.'

Ik moet even nadenken.

'Mooi,' zeg ik dan. 'Dáár hebben we wat aan.' Ik meen het. Te veel eer voor die lul. En inmiddels geloof ik het zelf ook allang niet meer, maar ik vind het gewoon fijn om de DJ van alles en nog wat de schuld te geven.

'Hoe gaat het met je therapie?' vraag ik.

'Goed.'

'En het eten?'

'Ik heb daarnet samen met P een hele appeltaart soldaat gemaakt. En toen hij weg was ook nog maar acht crackers met pindakaas.'

'Want je was toch bezig...'

'Als ik moet spelen gaat het goed,' zegt ze. Om mij gerust te stellen.

'En het spelen, hoe gaat dat?'

'Hmm...'

36.

Ik heb me vaak afgevraagd waarom iemand ervoor kiest om in zijn eentje op het toneel te staan. Mij lijkt het de zwaarste straf die je voor een mens kan bedenken en aan Reva merk ik dat zij het niet heel anders ervaart.

Toch heeft ze nooit serieus overwogen om voorstellingen te maken in groepsverband. Ze kan niet tegen kritiek, zegt ze. Dat heeft ze op school aan den lijve ondervonden. 'Als mijn medeleerlingen niet meteen bloedenthousiast waren over een idee dat ik opperde, dan dacht ik: laat maar zitten. En dan hield ik er onmiddellijk mee op.'

Dus voor mijn zus is in haar eentje optreden een 'noodzakelijk kwaad'.

P kreeg min of meer gelijk.

De impresario's stonden na het Rotterdamse festival niet in een lange rij, maar er waren er drie geïnteresseerd en Reva kon kiezen. Ze koos 'de minst commerciële'.

'Want...???' vroeg ik met het grootst mogelijke onbegrip, '... geld stinkt of zo?'

Nou ja, dat natuurlijk niet, maar mijn zus verwachtte dat een klein impresariaat met hart voor de zaak meer bij haar zou passen dan een groot bedrijf dat voornamelijk geïnteresseerd was in geld verdienen. Ze hoopte dat ze bij het kleine geen artistieke concessies hoefde te doen.

Naast de door P reeds voorspelde Finalistentournee, werd er ook een solotournee gepland. Reva legde zich contractueel vast haar voorstelling van een half uur uit te breiden tot een avondvullend soloprogramma. Mét pauze, op dringend verzoek van het impresariaat en zeer tegen de zin van Reva. Pauzes in theatervoorstellingen zijn voornamelijk bedoeld om de horecaondernemers van het theater ter wille te zijn. Ze dienen volgens mijn zus meestal niet het belang van de voorstelling. (Dus hoezo *geen concessies* en hoezo *minst commercieel*?)

Het programma kreeg de, reeds eerder vermelde, titel *Je kan wel gek worden!*, en het was in een recordtijd af. De première verliep voorspoedig, maar de recensies liepen nogal uiteen, variërend van *retegoed* tot *wie denkt R. wel dat ze is, en waarom moeten we hiernaar kijken en luisteren.*

Volgens de mensen die er verstand van hebben, was dat juist een goed teken; het betekende dat de voorstelling heel *eigen* was en niet middelmatig.

'Als iedereen ervan houdt, is het niks,' beweerde een beroemde collega.

'Doe mij dan maar dat niks,' verzuchtte mijn zus vertwijfeld vanonder haar dekbed op het zolderkamertje.

Met het winnen van het festival had ze haar stages naar behoren afgerond en was ze tot haar eigen verbazing meteen ook afgestudeerd. Na het overgrote deel van haar leven te hebben besteed aan lessen volgen en opgeleid worden, was ze eindelijk leerling-*af*. HET ECHTE LEVEN KON BEGINNEN, ze stond te popelen.

Niet dus.

'Weet je wat het ergste is aan zo'n tournee?' was de eerste vraag van het eerste telefoontje uit een hele reeks, die zou gaan volgen op de momenten dat ze midden in de nacht thuiskwam uit Winschoten of Haaksbergen of een van die andere uithoeken in Nederland waar men graag beginnende cabaretiers programmeert. Ik nam weer gewoon op. Geheel tegen mijn goede voornemens in. Kon me goed voorstellen hoe vervelend het voor haar moest zijn om alleen thuis te komen op die zolderkamer.

'Laat me raden,' zei ik zo vrolijk mogelijk. 'Het optreden zelf?'

'Ook.'

Maar het allerergste was om 's avonds om een uur of zes in het donker door zo'n dorp te lopen, op zoek naar een restaurant voor een kop soep, en dat ze dan bij al die huizen naar binnen moest kijken. Daar werd ze depressief van. Van 'hoe mensen hun huizen inrichten'. Alsof haar eigen zolderkamer het toppunt van gezelligheid was met de grauwe vloerbedekking en het bij elkaar geraapte meubilair. Maar dat was volgens Reva iets heel anders. Zij was student. Nou ja, een soort van. Bij haar kon het nog alle kanten op. Het was vooral de definitieve status van de inrichting van de eengezinswoningen die haar benauwde. 'Zo van: dit is het, en hier zullen we het de rest van ons leven mee moeten doen.'

'En waarom word je daar depressief van?' vroeg ik. 'Je kan toch ook denken: gelukkig is het mijn leven niet?'

Maar dat was nou precies wat Reva niet kon. En nooit zal kunnen. Bij elke persoon die ze ontmoet, verplaatst ze zichzelf onmiddellijk in zijn of haar situatie, en stelt zich tot in detail voor hoe het is om die persoon te zijn. 'Ik *word* hen als het ware!'

Ik herkende het van de vakanties van vroeger. Als we door een armoedig Frans dorpje reden en mijn moeder ons wees op de schoonheid van de haveloze boerderijen, dan zag mijn zus altijd wel ergens een stokoud, mank vrouwtje lopen met een zware bos sprokkelhout op haar rug en dan riep ze gekweld uit: 'Je zal háár maar zijn!'

Je zal maar in Winschoten wonen met een schemerlamp en een verlaagd plafond en vier kinderen op de middelbare school. Met geen kans op verandering of verbetering.

Er volgden nog veel van dat soort gesprekken.

Ik deed mijn best om haar op te beuren en haar sombere gedachten te relativeren, adviezen te geven of gewoon alleen maar een luisterend oor te bieden. Maar ik kreeg niet de indruk dat het veel hielp.

En precies op het moment dat ik begon te twijfelen aan haar 'kansen op verbetering', kwam ze met dat telefoontje over de oorzaak van haar beschadigde tanden. (*Ik moet een kunstgebit!*)

Toen bleek het allemaal nog veel ingewikkelder dan ik dacht.

37.

'Mar, ik ben gestopt!!!'

Ik schrik. Ik heb al drie weken niks van Reva gehoord. Idioot lang voor haar doen, maar ik vond het wel lekker rustig zo. Ik weet dat ze in geval van nood terecht kan bij haar vrienden van de therapiegroep.

'Met je voorstelling?' vraag ik verbaasd. Ik kan het niet geloven. Ze zal toch niet zo stom zijn geweest om haar tournee af te breken terwijl ze nog niet eens op de helft is? Ze kan toch niet zomaar ongestraft al die voorstellingen afzeggen? Haar impresario heeft er geld in gestoken. Posters en flyers laten drukken, een repetitieruimte gehuurd, de regisseur betaald. Dat heeft hij echt niet gedaan omdat hij Reva zo aardig vindt.

'Nee, gek, met kotsen!'

Ik moet even mijn gedachten resetten.

'Je weet toch dat ik een therapieweekend had?' vraagt ze als ik te lang stil blijf.

Ik was het eerlijk gezegd vergeten.

'Ja...'

'En het is me gelukt! Ik ben gestopt! Ik heb al DRIE DAGEN niet gekotst!'

Drie dagen. Dat is blijkbaar heel wat.

'Ik ben zo trots op mezelf,' juicht ze.

'Want... dat is je nog nooit gelukt in al die jaren, drie dagen niet kotsen?' vraag ik voorzichtig. Met in mijn achterhoofd de verhalen die ik gelezen heb over alcoholisten en junks die de ene na de andere afkickkliniek achter zich laten en meestal na een paar uur of een paar dagen terugvallen in hun oude gewoonten.

'Het is me in die zes jaar nog niet één dag gelukt!'

Niet één dag in zes jaar. En nu dus drie achter elkaar. Dat betekent wel iets.

'Goh… gefeliciteerd,' zeg ik. 'Knap hoor.'

'Dank je wel.'

Ik zit nog even na te denken over die zes jaar. Elke dag. Ik kan het me nog steeds niet goed voorstellen.

'En ben je niet benieuwd hoe ik dat heb geflikt?' vraagt ze enthousiast.

'Heel benieuwd,' antwoord ik. En vooral ook heel benieuwd hoe lang ze het denkt vol te houden. Maar dat zeg ik niet.

'Oké. Ik wil het wel vertellen, maar je moet beloven dat je me gelooft.'

Dat slaat natuurlijk nergens op, maar ik beloof het toch.

'Je weet dat in onze groep veel incestslachtoffers zitten, hè?'

Dat weet ik. Opvallend veel incestslachtoffers. Waaronder ook een aantal dat pas tijdens de therapie ontdekte slachtoffer te zijn, naar aanleiding van 'hervonden herinneringen' die tijdens de bondingsessies omhoogkwamen. Iets waar Reva altijd haar grote twijfels over uitsprak. 'Ik weet het niet hoor met die *hervonden* herinneringen. Ik geloof er niet in. Je herinnert je iets wel of niet. Punt. En er heerst altijd een soort feeststemming als er weer een slachtoffer uit de kast komt, dat vind ik ook zo raar. Alsof je er dan pas echt bij hoort.'

Ik weet ook dat de psychiater regelmatig gesuggereerd heeft dat Reva's gedrag (haar zelfhaat en haar destructieve neigingen) doet denken aan het gedrag van vrouwen die in hun jeugd seksueel misbruikt zijn. Reva heeft zich steeds verzet tegen die suggestie. 'Ik herinner me nauwelijks iets!' riep ze steeds. Behalve dan een vage herinnering die steeds terugkeert ('Het kan ook een droom geweest zijn') dat ze als heel jong kind in een portiek door een jongen met een mes werd bedreigd en dat ze haar broek voor hem uit moest doen. 'Maar dat is nog niet hetzelfde als seksueel misbruik. En het is zeker geen incest!' hield ze vol.

Maar nu tijdens het bondingweekend had ze voor de zoveelste keer het beeld voor zich gezien van zichzelf aan tafel naast mijn vader, tijdens het avondeten. Hij geïrriteerd. Zij misselijk en zenuwachtig. Opnieuw was de suggestie van de psychiater door haar hoofd geschoten. En toen had ze gedacht: stel dat er sprake is geweest van seksueel misbruik. Stel. En stél dat het kotsen voortkomt uit dat eventuele misbruik. Niet dat ze er ook maar één herinnering aan had, maar stel je voor...

En toen was er iets in haar lichaam veranderd.

'Het was net alsof mijn lijf op dat moment eindelijk kon ontspannen en tegen mij zei: *Hè hè... snap je het nou eindelijk?* En ik wist zeker dat ik het vanaf dat moment niet meer nodig had om te kotsen,' roept ze op een toon alsof ze zelf niet gelooft wat ze vertelt.

'Niet meer nodig had...?'

'Dat zeg ik.'

'En dat heb je vanaf dat moment ook niet meer gedaan?'

'Nee.'

'Dus?'

'Wat dus?'

'Wat betekent het volgens jou?'

'Ja...'

Dat weet ze niet precies.

Of ze durft het niet uit te spreken.

Het betekent op z'n minst dat er volgens haar een verband bestaat tussen het kotsen en seksueel misbruik. En dat seksuele misbruik koppelt ze dan aan mijn vader.

'Mijn lichaam liegt nooit!' roept ze bijna smekend. Alsof ik haar kan verlossen uit haar dilemma. 'Ik heb me nog nooit zo rustig gevoeld in mijn lijf. Zo ontspannen. En ik heb niet eens honger!'

38.

Ik kan het me niet voorstellen.

En ik geloof het ook niet.

Mijn vader raakte ons nooit aan. Nooit. (Dat doet hij trouwens nog steeds niet.)

Ik kan me niet heugen dat een van ons vieren bij hem op schoot zat.

We omhelzen hem nooit, wat ik vrienden en familieleden van ons regelmatig bij hun vaders zie doen.

De enige herinnering die ik heb aan lichamelijk contact met mijn vader, is de hand die hij op mijn schouder hield toen hij me leerde fietsen.

Ik heb heel erg lang gedaan over dat leren fietsen. Als mijn vader erbij was, dan kon ik het opeens niet meer. Dat wil zeggen: niet zonder die hand op mijn schouder.

En ik heb jarenlang verlangd naar zo'n hand.

Als ik tegenwoordig met Vincent over straat loop, *moet* hij mijn hand vasthouden. Ik kan niet los lopen. Serieus niet. Ik struikel over mijn eigen benen.

Incest. Het is gewoon onmogelijk.

Er is eerder sprake van het omgekeerde.

Mijn vader zei nooit tegen mijn zus en mij dat we er leuk uitzagen. Ook niet dat we er *niet* leuk uitzagen trouwens. Hij keek niet naar ons. Zag ons niet.

Wij interpreteerden dat altijd als desinteresse.

Maar was het misschien uit angst?

Angst voor het lichaam van je dochters. Komt dat voort uit dezelfde beerput als verlangen naar het lichaam van je dochter? Heeft het iets met seks te maken?

Omgekeerde incest, bestaat dat?

Hoe dan ook...

Als het Reva helpt, dan geloof ik haar.

Dan doe ik alsof ik haar geloof, bedoel ik, want ik weet zeker dat het niet waar is.

Mijn vader is als de dood voor lichamelijk contact.

39.

'Bij de term *seksueel misbruik* moet ik meteen aan die natuurkundeleraar denken van de middelbare school,' zei Vincent vanmorgen toen ik hem het hele verhaal vertelde. 'Was die niet een soort vaderfiguur voor haar?'

Verdomd.

Dat kan ook nog.

Misschien is dat lichaam van Reva toch niet zo heel nauwkeurig met wat het zich herinnert. Ging het niet om haar echte vader maar om de surrogaat.

Ik heb opeens verschrikkelijk veel haast om mijn zus te spreken. Maar ze neemt natuurlijk niet op, want ze slaapt altijd abnormaal lang uit.

'Ga je hem ermee confronteren?' vraag ik als ze eindelijk terugbelt.

'Wie?'

'Papa.'

Ze begint hard te lachen. 'Nee, natuurlijk niet, idioot. Ik ga die man toch niet beschuldigen van iets wat ik zelf nauwelijks geloof?'

Ik kan niet ontkennen dat dat antwoord me oplucht. Ik voel me alsof ik twee dagen vergeten heb adem te halen. Maar ze zegt *nauwelijks*. Dat is niet hetzelfde als *niet* geloven.

'Dus je gelooft het wél?' vraag ik.

Ze slaakt een diepe zucht.

'Reef?'

'Nee. Nou ja...' Ze aarzelt.

Ik wacht gespannen af wat ze gaat zeggen.

'Kijk, áls er zoiets gebeurd is, dan gebeurde het toen ik een baby was, want ik weet er echt niks meer van,' zegt ze na een tijdje. 'Dus ik weet niet *wat* er is gebeurd en ik weet ook niet *wie* het heeft gedaan. Misschien was het een andere man. Of het was een vrouw. Of iemand op de crèche.'

'Ja, dat lijkt me heel waarschijnlijk.' Temeer daar geen van ons vieren ooit op een crèche heeft gezeten.

'Maar kan het niet die natuurkunde-*creep* geweest zijn?' vraag ik vervolgens. 'Dat hele gedoe met eten begon toen je verliefd was op hem...'

'Mar, dat was geen misbruik. Dat wilde ik zelf,' zegt ze geïrriteerd.

'Nee Reef, dat wilde je niet zelf!' Ik kan het niet uitstaan dat ze dat nog steeds denkt.

Ze laat een stilte vallen om aan te geven dat ze niet op dit onderwerp in wil gaan.

'Jorinde zei iets goeds,' gaat ze daarna verder. 'Ze zei: het maakt niet zoveel uit of het waar is of niet. Het enige wat telt, is dat je niet meer hoeft te kotsen.'

Hmm...

Misschien heeft Jorinde gelijk wat Reva betreft.

Maar voor mij is de waarheid wel degelijk belangrijk.

40.

Er was iets wat me helemaal niet beviel laatst tijdens het gesprek met mijn zus *(Mar, ik ben gestopt!!!)*. Ik kon steeds niet mijn vinger leggen op wat het nou precies was. Maar toen ik daarnet onder de douche stond, kwam het ineens naar boven.

Ik bel Reva.

'En?' vraag ik. 'Hoe gaat het?'

'Nog steeds niet gekotst!' roept ze blij. 'Al meer dan een week.'

'En ook nog steeds geen honger?'

Dat was 'm.

Dat ze geen honger had.

Het is bij Reva altijd alles of niks. Of ze eet met vriend P een hele appeltaart en daarna nog acht crackers met pindakaas en een halve liter yoghurt met honing en banaan, waarna ze de heleboel eruit gooit en weer een paar keer opnieuw begint, of ze eet helemaal niet.

'Nee! Ik ben al twee kilo afgevallen.'

'Fijn. Want dat was zeker wel nodig hè, een paar kilootjes eraf?' vraag ik zuur.

'Nou, Mar, echt, ... (gelul gelul gelul...) Van eten en kotsen word je niet dun.'

Dat heeft ze me al eerder uitgelegd.

'Je hoeft ook niet dun!' schreeuw ik. 'Je bent een sukkel!'

Daarna probeer ik haar duidelijk te maken wat ik heb bedacht onder de douche.

'Voel je je nog steeds ontspannen? En rustig in je lijf?' vraag ik.

Ja. Wonderbaarlijk maar waar. Ze voelt zich TOP. Maar dat was dan ook niet zo moeilijk want ze heeft de hele week lekker op de bank tv liggen kijken. Ze hoefde niks.

'Ik zou me het liefst altijd zo rustig en zo ontspannen willen voelen.'

'Dan moet je het klooster ingaan,' zeg ik. 'Of je laten balsemen en in een piramide gaan liggen.'

'Hoe bedoel je?'

'Wanneer moet je weer spelen?' vraag ik om mijn gelijk te bewijzen.

'Ja... over drie dagen,' zegt ze geïrriteerd. 'Mar, hou je kop, daar wil ik nu nog even niet aan denken.'

'Want dan word je zenuwachtig en gestrest en dan is dat *zenge*voel opeens naar de klote en wat dan?'

'Dat zie ik dan wel weer!' gilt ze. 'Laat me met rust! Gun me gewoon mijn geluksgevoel! Je gelooft niet in me.'

Ik geloof wel degelijk in haar.

Maar ik geloof niet in de manier waarop ze haar leven leidt.

'Weet je Reef, je lijkt papa wel met z'n oeverloze depressies. Je bent geen haar beter dan hij,' zeg ik op zeer onvriendelijke toon. 'Nee... ik lieg. Je bent nog veel *erger* dan papa. Want hij heeft het tenminste geprobeerd. Een leven op te bouwen. Hij is een relatie aangegaan met mama en heeft geprobeerd van haar te houden en bij haar te blijven. Hij heeft kinderen met haar gekregen omdat zij dat heel graag wilde. Hij heeft al dertig jaar dezelfde baan die hij niet leuk vindt maar die hij niet opgeeft omdat hij zijn gezin wil kunnen onderhouden.' Ik stop even om haar de kans te geven te reageren.

Ze reageert niet.

Dat maakt me nog kwader dan ik al ben.

'Jij begint er niet eens aan!' schreeuw ik. 'Jij verstopt je in je hol. Je doet niet mee. Je wacht gewoon tot het allemaal voorbij is. Lafaard!'

Nadat ik heb opgehangen drink ik in mijn eentje een (reeds aangebroken) fles wijn leeg. Ik drink nooit. Vincent is niet thuis, ik weet niet wat ik met mezelf aan moet.

Ik denk aan het gedicht dat ik schreef om me los te maken van Reva, toen ze in de inrichting zat. Ik ken het uit mijn hoofd. Het is een soort mantra voor me.

We waren heel lang met z'n tweeën
tot jij mij
en ik ook jou verliet
dag lief en ingewikkeld zusje
je kan zo veel
en zo veel niet

Dag meisje, dag gekwetste vlinder
dag afgetobde, oude vrouw
ik wou dat ik het voor je doen kon
maar niemand kan het doen voor jou

Dag vriend, dag uitgebluste vogel
dag bloem die maar niet bloeien gaat
ik moet verder met mijn eigen leven
ook al voelt het als verraad

We waren heel lang met z'n tweeën
ik ben alweer een tijd alleen
dag wonderkind, dag schone slaapster
dag allerliefste molensteen

Het wordt nooit wat met die meid.
    Ik geef het op.

41.

Om zeven uur in de ochtend belt ze terug.

'Ja. Met mij,' zegt ze met een grafstem. 'Je had gelijk. Gefeliciteerd. En zeer hartelijk bedankt ook.'

Dankzij mij heeft ze de hele nacht over de 'ophanden zijnde voorstellingen' en over haar toekomst liggen piekeren. En een enorme behoefte aan een eetbui voelen opkomen. Dat wil zeggen: ze kreeg weer dat knagende rotgevoel in haar maag waarvan ze altijd denkt dat het honger is, 'maar misschien is het alleen maar stress'. Stress die ze normaal gesproken te lijf gaat met een eetbui.

'En wat heb je toen gedaan?'

Ze had niet gegeten. 'OMDAT IK TOEVALLIG NIKS IN HUIS HAD BEHALVE SINAASAPPELS,' brult ze woedend. Anders was het zeker misgegaan.

Ze had Jorinde gebeld geheel volgens de code van de therapiegroep: 'als je het moeilijk hebt: bel elkaar, desnoods midden in de nacht' (blijkbaar hebben de leden van de therapiegroep geen reguliere banen), daarna langs de Amstel gelopen in het stikdonker en toen ze weer thuis was keihard in haar kussen geschreeuwd. Niet gekotst. Eindeloos gedoucht. Nog steeds niet gekotst. Gelezen. Mij gebeld.

'Kijk. Dat vind ik nou echt knap,' zeg ik. Ik meen het. 'En nu?'

Ja. Wat nu.

Daar had ze de hele nacht over na kunnen denken. Dankzij mij dus. Omdat ik het nodig had gevonden haar rust te verstoren.

'Maar je begrijpt ook waarom ik dat deed?' vraag ik.

'Jaha!' kapt ze me zwaar geïrriteerd af. 'Maar denk maar niet dat ik er blij mee ben.'

Dat denk ik helemaal niet en het maakt me ook helemaal niks uit.

'Wat heb je bedacht?' vraag ik.

'Ik heb het niet zelf bedacht, ik heb het uit mijn boek.'

'*De wereld een hel*', raad ik.

'Nee. Ander boek van dezelfde schrijver,' zegt ze. Schopenhauer dus. Haar goeroe. 'Hij zegt dat het voor het geluk van de mens noodzakelijk is *iets te doen, te ondernemen of te leren*.'

Ook al ben ik geen fan van Schopenhauer (voor zover ik hem ken, en dat is niet ver), in dit opzicht ben ik het met hem eens. Ik heb het zelf trouwens al heel vaak tegen Reva gezegd. Dat ze iets moet gaan *doen*. Ik zie het bij al mijn leerlingen op de ZMLK school waar ik lesgeef, dat ze daar gelukkig van worden. Al is het maar een spijker in een stuk hout slaan, of een tuinhekje verven.

In het geval van mijn zus bedoelde ik met *iets doen*: een voorstelling maken, want daar wordt *zij* gelukkig van. Maar ik begrijp dat Reva's hoofd nu niet staat naar een nieuwe voorstelling; ze heeft er net een gemaakt en die speelt ze nog.

Voor nu heeft ze het plan opgevat om haar kamer op te knappen en ze vraagt me op dwingende toon of ik haar wil helpen.

'Want Jorinde heeft geen tijd?' concludeer ik.

Ze wil Jorinde er niet mee lastigvallen. 'Want die helpt mij al heel vaak, en bovendien hou jij van schilderen.'

42.

Als ik beweer van schilderen te houden, dan bedoel ik daarmee dat ik hou van *schilderijen maken*. Ik hou HELEMAAL NIET van deuren en raamkozijnen schilderen. Dat is namelijk een enorme kutklus. Ik doe het wel zo nu en dan, maar alleen als het echt moet.

Terwijl ik drie lagen oude verf van Reva's kamerdeur af sta te krabben, vraag ik me hardop af waar het gevoel vandaan komt dat het *moet*, in dit speciale geval.

'Alles wat je voor een ander denkt te doen, doe je uiteindelijk voor jezelf,' zegt Reva opgewekt.

'Huh?'

'Anders deed je het niet.'

'Dus dat ik mezelf een schouderblessure bezorg met het opknappen van jouw kamer, dat doe ik voor mijzelf...?' vraag ik, een tikje beledigd.

'In eerste instantie, ja. Zegt Schopenhauer, hè!'

Daar heb je hem weer. Schopenhauer. *De wereld een hel* ligt nog steeds naast haar bed. Het is soort bijbel voor haar. Toen ik laatst vroeg of ze het nou nog niet uit had, antwoordde ze dat ze er steeds weer opnieuw in begint.

'Maar wat levert het mij dan op, behalve een nekverrekking?'

Daar moet ze even over nadenken.

'Misschien hoop je dat ik hierdoor nog meer van je ga houden. En dat geeft je een goed gevoel over jezelf.'

'Aha. En? Is het me gelukt? Hou je nu nóg meer van mij?'

'Ik hou al het allermeest van jou. Meer is onmogelijk.'

'Dus dan kan ik er eigenlijk net zo goed mee stoppen,' zeg ik, en gooi mijn krabber in een emmer.

'Het wordt opeens een stuk minder,' gilt ze. 'Ga snel verder met die deur!'

Ik loop naar het keukentje om koffie te zetten. Reva, die bezig was het behang van de muur te trekken, neemt ook onmiddellijk pauze. Als ik niks doe, hoeft zij ook niet.

'Wat betekent *houden van* eigenlijk bij jou?' vraag ik als we naast elkaar op de grond zitten met een kop koffie.

'Dit is een strikvraag, neem ik aan. Of kan ik iets winnen?'

Het is geen strikvraag. Ik ben echt benieuwd naar haar antwoord.

'*Ik hou van mango's* betekent: *ik eet graag mango's*,' zegt ze na even nadenken. 'En *Ik hou van mijn zus* betekent: *ik heb haar graag om mij heen*.'

'Zodat ze naar mij kan luisteren.' Ik knik begrijpend.

'Ja.'

'En voor mij kan zorgen.'

'Ja.'

'Want dat doet mijn zus graag, voor mij zorgen. Dat levert haar iets op...' zeg ik.

'Ja,' beaamt ze. 'En zolang mijn zus voor mij kan zorgen, hoeft ze het niet voor zichzelf te doen.'

Au.

Ik sta op om naar de wc te gaan.

En om mijn boosheid te camoufleren, die ik zelf niet helemaal begrijp.

'Dus volgens die Schopenhauer van jou zijn we allemaal een stelletje egoïsten?' vraag ik als ik alweer een tijdje verf aan het afkrabben ben.

'Ja. Dat zegt-ie. Egoïsme is de belangrijkste drijfveer van *de wil tot leven*.'

Drijfveer.

Van de wil tot leven.

Ik kan me er iets bij voorstellen. Zie meteen een groep uitgehongerde leeuwen voor me die een zebra opvreet in een aflevering van *Planet Earth*.

'Maar is de mensheid dan niet tot iets goeds in staat?'

'Jawel. Er is soms sprake van zuivere goedheid en die komt volgens Schopenhauer altijd voort uit medelijden. Daarbij valt de grens tussen het *ik* en het *niet-ik* zo veel mogelijk weg,' zegt ze. 'Zoals bij jou en mij.'

Hmm...

Ik denk niet dat dit een goed moment is om te vertellen dat ik al een tijdje bezig ben die *weggevallen* grens tussen haar en mij te herstellen vanwege die rotopmerking van de studiebegeleidster *Waarom heb jij het nodig om al je energie te steken in het welzijn van je zus?*, waar ik regelmatig over zit te piekeren. En waarvan ik tot de conclusie ben gekomen dat het precies is om wat die rotzus van mij daarnet zei: voor haar zorgen is een afgeleide vorm van voor mezelf zorgen.

Zolang ik me bezighoud met haar problemen, hoef ik over de mijne niet na te denken.

'Ik blijf het een chagrijn vinden, die Schopenhauer van jou,' mopper ik.

'Zijn vader heeft zelfmoord gepleegd, hè,' zegt ze opeens. 'Dus dat heeft misschien zijn levensvisie wel iets beïnvloed.'

Ik verslik me in mijn kauwgum. Als gevolg van haar onvoorstelbare naïviteit.

'MISSCHIEN,' herhaal ik hoestend. 'Ja, Reef, wat denk je, zou dat kunnen?'

Ze kijkt me vragend aan.

'Dat de zelfmoord van de vader de levensvisie van de zoon IETS heeft beïnvloed...?'

Ze kan er niet om lachen.

43.

Na het schilderweekend heb ik even geen behoefte aan mijn zus. En wat ik mijn hele leven nog nooit over mijn hart heb kunnen verkrijgen, doe ik nu een paar keer achter elkaar. Ik neem niet op als ze me belt. En ik bel haar niet terug.

Op een avond staat ze opeens bij ons voor de deur en vraagt voor haar doen uiterst braaf of ze binnen mag komen. ('Ik *moet* even binnenkomen, Mar.')

Ze hoeft geen boterhammen.

En geen thee.

Ze wil alleen even met me praten.

'Hij was bij mij...' zegt ze.

'Wie?'

'Papa.' Ze zucht. 'Hij kwam de dakgoot repareren en brandmelders ophangen.'

Kijk.

Zo is mijn vader óók. Er schiet een golf van warme gevoelens door mij heen. Hij helpt ons altijd met verhuizen, met schilderen en behangen, met machines aansluiten en dingen repareren. En hij betaalt alles, voor zover het binnen zijn mogelijkheden ligt. Op die manier zorgt hij voor ons. Dat is echt een toffe kant van mijn vader.

'En hij zei het weer.'

'Wat zei-ie weer?'

'... *"Misschien kan ik er maar beter een einde aan maken.*"'

Godverdomme.

De klootzak.

Hij weet precies tegen wie hij zoiets kan zeggen en tegen wie niet. Bij mij hoeft-ie niet aan te komen met die flauwekul.

'En wat zei jij toen?' vraag ik geïrriteerd, alsof het haar schuld is dat hij haar lastigvalt.

'Niks. Ik vond het zielig maar ik werd ook kwaad. En ik zei niks.'
'Goed zo.'
'Hoe bedoel je?'
'Goed dat je kwaad werd,' zeg ik.
'Hoezo?' snauwt ze. 'Het was hartstikke zielig. En ik zei helemaal niks. Hoe kan je dat nou goed vinden?'
Ik word ineens razend.
'Het is niet jouw taak om hem te helpen,' schreeuw ik tegen haar. 'En bovendien: hij laat zich niet helpen! Niet door jou! Dat moet je nu toch onderhand wel een keer in gaan zien!?' Ik begin steeds harder te schreeuwen. 'Je blijft het maar proberen, Reef! Hou er nou eens een keer mee op! Hij laat zich niet troosten, hij laat zich niet helpen, hij wil niet gelukkig zijn, EN HIJ WIL JOUW VRIENDSCHAP NIET!'

Ik zie het weer voor me, die scène tijdens de gezinstherapie bij Bert. Hoe hij haar afwijst. Wegduwt. Niet moet. Alsof-ie mij wegduwt. Mij duidelijk maakt dat ik niks voor hem beteken. Alsof-ie mij pijn doet via haar.

Vincent, die in de keuken bezig is met de afwas, moet erbij komen om me te kalmeren.

'Heb je gekotst toen hij weg was?' vraag ik aan Reva als ik weer gewoon kan praten.

'Hij is net weg. Ik belde jou, maar je nam niet op. Toen ben ik naar je toe gegaan.'

Ze huilt.

Omdat mijn vader niet in staat is vriendschap met ons te sluiten.

Omdat wij niet in staat zijn door die muur van spanning heen te breken, waarachter hij zich schuilhoudt.

Omdat hij helemaal geen vrienden heeft.

'Maar Mar, *wij* hadden toch vrienden voor hem kunnen zijn...?' Ze smeekt het bijna.

Ik voel me opeens doodmoe.

'Nee Reef, dat konden we niet,' zeg ik. 'Dat is wel gebleken toch?'

Vincent, die zich tot nu toe niet heeft bemoeid met ons gesprek, gaat naast mijn zus op de bank zitten en slaat zijn arm om haar heen. Waar ik blij om ben, want ik kan het op de een of andere manier niet opbrengen.

'Je vader staat er niet alleen voor, Reva,' zegt hij. 'Hij heeft je moeder. Zijn eenzaamheid is niet jouw probleem.'

Ik snap niet hoe hij het doet, maar Vince denkt altijd maar één ding tegelijk. Niet zoals Reva en ik honderd dingen door elkaar. Bij hem is een gedachte een logisch vervolg op de voorafgaande gedachte. Daardoor wordt de wereld een stuk overzichtelijker als Vincent in de buurt is.

Reva stopt met huilen. Ze wiegt met haar bovenlichaam van voren naar achteren.

Na een tijdje gaat ze rechtop zitten, en kijkt mij aan.

'Hij houdt niet van ons, hè?' vraagt ze.

Precies.

Dat is ons probleem.

Maar ik weet het niet.

Ik weet niet of mijn vader van ons houdt. Ik moet er heel lang over nadenken.

Misschien niet.

Als *houden van* betekent: *iemand graag om je heen hebben*, dan houdt hij niet van ons.

En als het synoniem is aan: *iemand de ruimte geven die hij nodig heeft*, ook niet.

'Hij is wél trots op je...' probeer ik voorzichtig.

Ik weet dat dat niet hetzelfde is. Maar toch.

Het heeft echt iets liefs, zoals mijn vader na afloop van haar voorstellingen op school of in het theater staat te stralen. Ongeacht of ze iets lelijks over hem heeft gezegd. Hij is oprecht blij en laat dat duidelijk merken. Op zo'n moment valt opeens even die muur weg, en is hij een van ons.

'Het ligt niet aan jou, Reef,' zeg ik uiteindelijk. 'Echt niet. Als iemand niet van je houdt, betekent dat alleen maar dat hij, om wat voor reden dan ook, niet van je kan houden. Het betekent NIET dat jij geen liefde verdient.'

Na een lange stilte antwoordt ze: 'Mijn hersenen begrijpen wat je zegt. Maar de rest van mijn lichaam kan het niet geloven.'

44.

Epiloog

Ik sta samen met mijn zus te wachten aan de balie van rijschool Kennedy in de Rijnstraat. Ik krijg zo meteen mijn eerste rijles. Reva gaat mee. Als het haar bevalt (waarmee ze waarschijnlijk bedoelt: als *de instructeur* haar bevalt), dan gaat ze ook rijlessen nemen. Want een rijbewijs, dat is toch wel het toppunt van volwassenheid in haar ogen. De kroon op je opvoeding. 'Dan ben je echt AF.'

Paps betaalt uiteraard.

Reva heeft de school uitgekozen. Op de naam. Die klinkt betrouwbaar, vindt ze. Al had ze liever rijschool Obama gehad op de Obamalaan, maar die bestaat niet. 'Want die Kennedy was ook een gluiperd hoor! Hij kon niet van de vrouwen afblijven, en hij deed in wezen geen moer tegen de rassendiscriminatie.'

Als we stapvoets langs de Amstel rijden hoor ik opeens een gekwelde kreet vanaf de achterbank en voel ellebogen en knieën in mijn rug. Mijn zus probeert op de bodem van de auto te gaan liggen, wat best een opgave is in een krappe Volkswagen.

'Wat zeg je?' vraagt de instructeur.

'Braakmiddel op vijf over één!'

Ik schiet in de lach. Reva en ik voeren regelmatig dezelfde discussie over de manier waarop militairen op een zo snel mogelijke manier aangeven waar zich het gevaar bevindt (gevaar in de vorm van vijandelijke aanvallers). Mijn vader, die zelf nooit in dienst is geweest, leerde ons dat als de vijand plotseling aan de rechterkant opduikt, je naar je maten moet schreeuwen: 'Vijand op drie uur!' Of, nog korter: 'Drie uur!' Wat volgens Reva volstrekt onlogisch is, want zij gaat bij zo'n mededeling 'heel lang' nadenken welke wijzer bedoeld wordt met *drie uur*, de grote of de kleine. 'Dus dan ben ik allang dood, voordat ik heb kunnen bedenken of ik recht voor me uit, of juist rechts naast me moet schieten.' Volgens haar kan je veel beter de richting aangeven met aanduidingen als *vijf over één*, *tien over twee*, *kwart over drie*, *vijf over half zeven*, enzovoort; de tijden waarop de grote en de kleine wijzer ongeveer op dezelfde plek staan. Ik lach haar altijd keihard uit als ze daarover begint. Ik vind het een typisch geval van Reviaanse logica, waarmee ik dan weer niet de logica van de beroemde schrijver voor ogen heb, maar die van mijn zus. Niemand ter wereld weet sneller welke richting bedoeld wordt met *vijf over half zeven*, dan met *zeven uur*. Behalve zij.

Ik ontdek nu de oorzaak van haar paniek. De DJ. Op de fiets. Inmiddels op tien over twee.

'Hij heeft een nieuw getraumatiseerd kippetje achterop,' klinkt het gesmoord. En daarna hoor ik braakgeluiden. Ik schrik, ze gaat toch niet de keurige Golf van rijschool Kennedy onderkotsen?

'Reef, moet je kotsen?' gil ik in paniek. Ik weet niet hoe ik moet stoppen en ik weet al helemaal niet hoe ik deze auto aan de kant moet zetten; dit is mijn eerste les, ik mag alleen maar sturen. Gelukkig trapt de instructeur op de rem.

'Nee, rij door!' roept Reva. 'Ik ga NOOIT MEER kotsen, *remember*? En zeker niet ter ere van een megalomane pedo.'

We naderen het braakmiddel. Met een twintigjarig bloedmooi en ongetwijfeld zwaar getraumatiseerd kippetje achterop.

'Zal ik over hem heen rijden, Reef?' vraag ik.

'Nee, alsjeblieft niet,' schrikt de instructeur. 'Met deze snelheid kom je echt niet over een dergelijk obstakel heen. Met een hogere snelheid ook niet trouwens. Dat levert je enkel blikschade op.'

De DJ kan niet fietsen, blijkt. Balanceren kan hij wel. Ieder ander was met zijn tempo allang omgevallen. Ik passeer hem, stapvoets, moeiteloos.

'Trapondersteuning zou geen overbodige luxe zijn,' merkt de instructeur fijntjes op. Hij gaat zonder enige terughoudendheid mee in onze aversie tegen de hem onbekende dikke fietser. Waarschijnlijk uit economische overwegingen; Reva heeft hem verteld dat ook zij nog geen rijbewijs heeft.

Ik hoor nog steeds braakgeluiden achter mij.

'Gaat het goed?' vraag ik, waarmee ik bedoel HOU DAARMEE OP.

Reva, die altijd precies weet wat ik bedoel omdat ze een kei is in het negeren van woorden en in het luisteren naar intenties, excuseert zich. 'Ja, sorry, maar dit moet,' roept ze tussen het kokhalzen door. 'Want anders ga ik écht over mijn nek. Heb ik geleerd op de therapie. Keihard schreeuwen helpt ook. Maar dat wil ik jullie niet aandoen.'

De instructeur vertrekt geen spier, waarmee hij punten scoort bij mij en ongetwijfeld ook bij mijn zus.

Als we na een half uur via Ouderkerk aan de Amstel aan de andere kant van het water terugrijden naar Amsterdam, ligt Reva nog steeds op de bodem van de Golf. Het kan niet heel erg comfortabel zijn.

'Je kunt nu wel weer gewoon gaan zitten, hoor,' zeg ik. 'Hij is allang uit het zicht.'

'Nee, dank je,' zegt ze. 'Ik wacht wel tot we bij de rijschool zijn.'

'Ga je je nou de rest van je leven verstoppen voor de DJ?' vraag ik. Het sturen gaat me gemakkelijk af, ik kan daarnaast gewoon een gesprek voeren, dat geeft me een goed gevoel, ik heb duidelijk aanleg voor chaufferen.

Nu hoor ik een hele tijd niks. Blijkbaar moet mijn zus lang nadenken over een antwoord.

Dan voel ik aan de ellebogen en knieën in mijn rug dat ze overeind komt. Ze vraagt of ze haar raam mag openen en of wij even onze oren dicht willen doen. Helaas is dat niet iets wat ik weet te combineren met het besturen van een auto. Maar míjn oren zijn niet zo heel belangrijk, het gaat vooral om die van de instructeur. Als ik gewoon 'niet luister' dan is het oké.

Ik luister niet, maar hoor wel heel duidelijk wat ze vervolgens keihard uit het raam schreeuwt.

'IK HOEF MIJ NERGENS VOOR TE SCHAMEN!'

Het raam mag weer dicht en in de achteruitkijkspiegel zie ik dat ze tevreden op de achterbank zit. 'Weet je wat grappig is?' vraagt ze. 'Ik ben niet eens jaloers op dat kippetje. Ik geloof dat ik niet eens met haar zou willen ruilen.'

(*Geloof.*)
(*Niet eens.*)
(!)
Als we bij de rijschool zijn, maakt Reva een afspraak voor een proefles.

'Dus het beviel je wel?' vraagt de instructeur.

'Zeer,' zegt mijn zus.

'Wanneer moet je eigenlijk naar de tandarts?' vraag ik als we buiten afscheid nemen.

'Volgende week. Precies op de dag van mijn eerste rijles,' zegt ze vrolijk. 'Dan heb ik een maand niet gekotst. Als ik het tenminste weet vol te houden.'

O ja. Dat was de voorwaarde. Een maand niet kotsen, pas dan zou de tandarts beginnen met het maken van het 'kunstgebit' ('toppunt van bejaardheid' volgens mijn zus).

Hou vol, Reef.

Het gaat je lukken.

(Denk ik.)